本能寺の黙示録

三宅由珠

中日出版

序　文

山崎合戦での敗戦後、明智家に関する記録の多くが消され、光秀は謎に包まれた武将として語られることになった。その結果、デマのたぐいが横行しているのが現状である。

「光秀は天海僧正になった」だとか、「坂本竜馬は光秀の子孫だ」といったものから、卑小なものでは「光秀は髪が薄いことを信長にからかわれ、それを恨んで謀反を起した」というものまで、その多くが確かな根拠のないものや見当違い、もしくは光秀を貶めるために豊臣方から故意に流されたものである。

私は明智光秀の直系子孫として生まれ、子孫の家に残る伝承が世間に流布されているものとはまったく違うということを、この『本能寺の黙示録』で明らかにした。

光秀・熙子夫妻の長女倫は、はじめ信長の家臣荒木村重の嫡男・村次に嫁いだ。しかし村重が謀反を起した為に離縁され、明智家へと戻り、光秀の家老職を務める三宅弥平次に再嫁した。弥平次は明智家の女婿となり、明智秀満と名を改める。

本能寺の変の起こる天正十年、秀満・倫夫妻の嫡男・藤兵衛は二歳だった。落城する坂本城から黄金十両とともに乳母に預けられて落ち延びる。しばらく潜伏した後、細川家に引き取られ、倫の妹・細川忠興夫人ガラシャに育てられる。

藤兵衛は明智の名を憚ったのか、父の旧姓を用いて三宅（藤兵衛）重利と名乗った。その後藤兵衛は天草・島原の乱に出陣し天草で戦死したが、子孫は代々肥後細川家臣として仕え、幕末を過ぎて現代まで続いている。この熊本三宅家に伝わる系図、史料類は、近年熊本大学の研究者の方々による学術調査を経てまとめられ、『明智一族　三宅家の史料』として刊行された。三宅家が光秀直系末裔であることが単なる伝承ではなく、学術的にも真実であると証明されている。

天草・島原の乱の収束後、熊本三宅家の男子の一人が島原に移住した。長男ではなかったため家を継げなかったことによる。乱により住民のほとんどが死に絶えた島原に、幕府が移民を募集していたことに応えたものと思われる。この男子は侍の身分を保ちながら医業を始めた。これが私の父の実家である（医業は三百年ほど続き、私の高祖父の代に廃業した）。この家は島原有馬村に屋敷を構えたので有馬三宅家という。

残念ながら熊本の本家とはもうかなり昔から付き合いが途絶えているが、天草にある藤兵衛の墓地に有馬三宅家の建てた供養碑が残っており、家紋の桔梗紋とともに有馬三宅家の人々の名が刻まれ、藤兵衛や熊本本家との繋がりを示している。

熊本三宅家については史料集が刊行され、貴重な文書群が研究者の一助となっていると漏れ聞く。有馬三宅家に伝わるものはほとんどが医術についてのもので、その多くは図書館などに寄贈されている。形に残っていない伝承、口伝をまとめることが私の使命だと考え、今回の執筆に至った。執筆を始める為に伝承に加えて種々の史（資）料を読み解き、年表を作成した。年表上で秀吉や信長、光秀、その他関係者の動きを視ることで、今まで誰も気付いていない本能寺の変の真相に迫ることが出来たと、浅学ながら自負している。

自分の家系について調べを進めるごとに、助けとなるような方々との出会いがあり、偶然とは思われない不思議な出来事が今も起き続けている。先祖の導きによって真実が世に出ることになったのだと、私は確かに信じている。

著　者

本能寺の黙示録　目次

序　文　3
第一章　天正八年「危　機」　8
第二章　天正九年「謀　略」　34
第三章　天正十年「二条御所の変」　59
終　章　殺生関白　248
あとがき　271

「急げ！　急げ！」

男は馬の尻を鞭打ち続ける。

全身から流れ出る男の汗が、一瞬にして後方に飛び散る。

梅雨時のまとわりつく湿気を気にすることもなく、男は東へ向けて馬を走らせ続ける。

「早く、誰よりも早く、戦場へ！」

男の顔には、笑みが浮かんでいた。

「ついにこの時が来た！」

右手に六本の指を持つこの異形の手で、天下を掴む時が！

第一章　天正八年「危　機」

天正。美しい響きを持つこの元号に反し、世は戦乱のただ中にあった。日本各地の大名や領主たちは互いの領土を奪い合い、殺し合っていた。しかし天正八年に入り、世の人々は織田信長によって天下が統一されるのではないかと予測しはじめていた。後の世に「信長包囲網」と呼ばれることになる共同戦線を張り巡らせていた反信長勢力は、この年を境に次々と信長に屈していくこととなる。

中国地方の毛利氏を攻めるため羽柴秀吉軍は西へ西へと進軍し、播磨（兵庫県）の敵を次々と蹴散らしていた。

「あっけなかったのぉ。一国の城主ともあろう者が、ろくに抵抗もせずに逃げていきよったな」

ガシャガシャと具足の音を立て、秀吉は板の間に腰を下ろした。土ぼこりと汗に汚れた腕を気にもせず、運ばれてきた大きな碗に入った水を一気に飲み干して一息つく。

「これも勝ち続きの我らの評判と、上様（信長）のお名前のご威光によるものかのぉ」

ぶはぁっと、口元から水をまき散らし、秀吉は大声で笑う。

「おかげでわれらは早々にこの姫路に落ち着くことができましたな」

秀吉の軍師黒田官兵衛が足を伸ばしながら言った。官兵衛は以前足を悪くしてしまったので、主君の前でも椅子を使ったり、足を伸ばしたりすることが許されている。

「姫路は西国街道へ通じる重要な場所に位置しておる。ここを毛利攻めのあらたな拠点とすることにした。官兵衛、ただちにこの城の改修にかかってくれ」

「かしこまりました」

「小一郎」（秀吉の弟・羽柴長秀〈のちの羽柴秀長〉）

秀吉は弟にむかい言った。

「わしは次に因幡国（鳥取県）を目指す。おぬしは但馬国（兵庫県の日本海側周辺）を攻め落としてくれるか。さすればわしは背後を任せ、安心して因幡を攻めることができる」

「承知いたしました。兄者の背後はこの小一郎がお守りいたしまする」

小柄で貧弱な体つきの兄に似ず恰幅の良い弟は、大きくうなずいた。親類縁者の少ない秀吉にとって、この弟は唯一ともいえる信頼の置ける身内である。

秀吉の期待通り、小一郎はあっという間に但馬を攻め落とした。ものの二か月ほどで羽柴軍は播磨、但馬の両国を平定し終えてしまい、もうすぐ因幡国をも手に入れる勢いであった。

「のこったのこった！　のこったのこった！」

力士は組み合ったまま押したり引いたりを繰り返す。行司は右へ左へと軽やかに動き続ける。

「押せ押せ！　もう一息だ！」

「負けるな！　ふんばれ！」

天正八年六月。大の相撲好きの信長が催した相撲大会は明け方から始まり、夜を迎えても提灯を灯して続けられた。観覧席の中央に陣取った信長は、身を乗り出すようにして取り組みを見入り続けた。

どすーん、と地響きがする。片方の力士の身体が宙に舞い、地面に叩きつけられていた。

「おおーっ！　決まったぞ！」

「すごいぞ！　あの力士、これで六人抜きだ！」

「あっぱれ！　みな良い相撲を取った、見事であった！　褒美をとらす」

信長は立ち上がり、扇子を持った右手を高く掲げた。

「ワァー！」

観客は総立ちになり、優勝した力士に盛大な拍手を送り続けた。

参加した力士ひとりひとりに信長みずから声をかけ、褒美の品が手渡される。特に活躍した力士は家臣として召し抱えられることになった。土俵の側に設けられた祭壇に向かい神主が祝詞を捧げて、相撲大会は終了した。

「いやあ、見事な取り組みばかりでござった」

「良い奉納相撲になりましたな」

「ああ。実に目出度いですな」

見物した人々はみな満足して会場を後にした。


「三法師という跡取りができ、武運と健康を祈る奉納相撲も無事に終わった。これで織田家は末永く安泰だ」

ゆうべは夜遅くまで相撲観戦をしていたというのに、この日も信長はいつものように早朝から起き出していた。

「誕生祝いの品はなんでも好きなものを与えよう。相撲の次は宴会だ。思いっきり盛大に祝ってやるぞ」

「父上、ありがとうございます。織田家の名に恥じぬよう、三法師を立派に育ててみせまする」

跡取りの誕生を直接伝えようと、信長の長男信忠は、居城である岐阜城から安土に出向いていた。

「わしはすでに織田家の家長の座を引退し、本拠地の城である岐阜城を信忠、お前に譲った。織田全軍を率いる役目もお前が引き継ぎ、わしはこの安土で天下を治める政《まつりごと》に専念しておる」

立ち上がった信長は窓辺に行き、外を見下ろした。濃くなった木々の緑が光を受けて輝いている。目を細めながら天主の隣の御殿を指し示す。

「あの御殿を見よ。あれは京都から帝《みかど》をお迎えするために建てたものだ。近い将来、正親町《おうぎまち》天皇は退位して、誠仁《さねひと》親王が新たな帝となられるだろう。その頃にはわしに代わってお前が新たな天下人となっておるはず。お前は誠仁親王と共に日ノ本を治めていくようになる。またそうなっていなければならぬのだ。そしてその先は、このたび生まれたお前の長男三法師が引き継いでゆくだろう」

「父上……」

信忠は父に向かい、膝を揃えて座り直す。

「父上、必ずや父上のご期待に添えるよう、命を尽くして励みまする。三法師も跡継ぎとしてふさわしい男になるよう、立派に育て上げてみせまする」

「うむ。お前にわしの跡継ぎとしての力がないとわかれば、親子といえどもわしはお前を斬る。わしの期待を裏切ることのないよう、信忠よ、励め！」

「はっ！」

「では宴会だ。乱丸、用意せい」

「はっ」

控えていた側近の乱丸は、飛ぶように部屋を出ていった。


「上様の御座船だ！　殿にお知らせしろ」

湖水を視ていた警備の兵士が城内へと走って行く。

鏡のような湖面を進み、船は城に乗り付け係留された。乗り付けた船から城内へは直接出入りできるようになっている。琵琶湖の南部。比叡山のふもと、坂本の町に造られた明智光秀の城、坂本城。この地は安土と京都との中間地点にあたり、信長は頻繁に坂本城を訪れ、宿泊することも多かった。

「毛利との和平交渉はどうなっておる」

回りくどい言い方を嫌う信長は、今日も急くように話の本題から切り出した。

「毛利家の取次（外交）役の僧、安国寺恵瓊《あんこくじえけい》殿宛てに、和平の条件を記した書状を送付いたしました。それから、この和平が速やかに結ばれるよう朝廷にも協力を仰ぎ、勅使（天皇の使者）を毛利家に派遣していただくよう手配を終えております」

「であるか」

信長は満足そうに目を細めた。

「この春、大坂本願寺が上様に降伏し、門主顕如殿が大坂から出ていって以来、全国の大名、領主たちはこぞって上様の配下となる態度を示しております。このまま戦を続けると、毛利がいずれ孤立することは火を見るよりも明らか。講和するのが得策であることを向こうも理解しておりましょう。ただいま毛利は、備前の宇喜多直家の動きを見ているかと思われまする」

毛利氏と宇喜多氏は領土を接しており、以前からお互いに国盗りの争いを続けていた。

「宇喜多は裏切り下克上によって成り上がってきたやつだ。信用はおけぬ。羽柴が勝手に宇喜多をこちら側に引き入れおったが、いつ裏切るやもしれぬ」

信長は鼻に皺を寄せる。

「和平に応じるならばわしが宇喜多を始末してやると毛利に伝えよ」

「はっ」

「宇喜多など配下に置いておくよりは、消してしまえるならそうしてやろう」

信長はやけに楽しそうに口角を引き上げた。

（言葉一つで大名の命をどうとでもできるまでに、上様の力はふくれあがっている）

光秀は信長の恐ろしさを知りつつも、自分がその命令に迷わず従うことも知っていた。

「毛利が条件を呑むなら領土もそのままにしておいてやるし、織田家の家臣として優遇もしてやろう。わしはまだこの先、四国、九州と従わせていかなくてはならぬ。大国毛利がわしに従い中国地方で戦をせずにすむならば、兵を消耗しなくてよいからな」

「羽柴殿は毛利家との戦さを続けようと動いておりますが、いかがいたしましょう」

「当分放っておけ。羽柴だけで毛利を倒せるものならそれで良し。他の織田軍の兵を使わずにすむ」

ふん、と鼻を鳴らし、冷ややかな目をして続ける。

「しかしやつは勝手に動き過ぎることがちと目障りだ。したがって毛利との取次役を外す。今後は羽柴に代わり、十兵衛（光秀の通称）、お前に毛利の取次役を命じる」

「はっ。この十兵衛、心して務めをまっとういたしまする」

光秀は深々と頭を下げた。

天正八年、初夏。秀吉は光秀に大きく差をつけられ、政治的危機を迎えていた。


六月——

「なんと！」

「殿、いかがなされました」

新しい木と畳の清々しい香りに満ちた姫路城。居間で書状を読んでいた秀吉が急に声をあげ、側にいた官兵衛は緊張した。

「いや」、秀吉は首を横に振った。

「三法師様ご誕生祝いの催しについて書かれておるだけだ」

「左様でございましたか、突然声を出されたので驚きました」

官兵衛はすっと、肩を下ろした。

「すまんすまん」

秀吉は家臣に対して気取らずに謝った。

「で、その祝いの催しとはどのような様子だったのでございまするか？」

「うむ。上様は三法師様ご誕生を大いにお喜びで、盛大に宴を催されたらしい」

書状には宴に贅沢な料理と酒がふんだんに用意されたことや、全国の有力者から大量の祝いの品が届けられたこと等が記されていた。

織田家の家臣にとっても跡継ぎができたことは目出度い出来事だが、なぜか秀吉の顔には暗い影がよぎっていた。

「官兵衛、わしはな、おぬしも知っての通りもとからの武士ではない。土地を持つ農民でもない、下賤の生まれだ」

「殿、急に何を仰せで……」

官兵衛はなぜ秀吉がこのようなことを言い出すのかと、とまどった。

「三法師様と自分を比べてみると、とても同じ人間とは思えなくなってくるのぉ」

深くため息をついた秀吉にむかい、官兵衛は

「殿、そのような暗い考えはおやめなさいませ。今の殿は織田家でも指折りの出世頭であられるのに、生まれのことなどお気になされますな」と励ます。

「頭ではそうわかっているんだがな、つい、つらい昔のことを思い出してしもうた。わしが生まれた家は底なしの貧乏で、家族は毎日食うや食わずの有様だった」

秀吉の目は官兵衛に向けられるでもなく、あらぬ方を見ている。

「贅沢に灯りを灯して相撲を奉納し、多くの者たちから誕生を祝ってもらえる三法師様。生まれた時から一生みじめな思いなどとは無縁の、恵まれた人生を歩まれるのであろう。なぜ同じ人間であるのに生まれた家が違うだけで一生が決まってしまうのだ？　わしが一生賭けて手に入れようとしているものを、三法師様は生れながらに手にしておられる。金も地位も、あくせく働かずともすでにお持ちなのだ」

秀吉は右手で作ったこぶしを堅く握りしめ、一息に言葉を吐き出した。

「殿……」

いつもは小柄な身体を弾ませて動き回っている秀吉が、急に実際よりもさらに小さく見え、官兵衛は言葉が出なかった。

「殿」

なんと言っていいのかわからないまま、官兵衛は声をかける。

「殿に仕える者たちは拙者も含めてみな、下の者たちを気遣ってくださる殿を慕っておるのですぞ。どうぞ自信をお持ちくだされ」

「うむ、わかった。いや、すまんすまん」

顔をあげた秀吉は、頭をかきながら謝った。

「つまらない話をしてしもうた。忘れてくれ」

もういつもの顔に戻った秀吉を見て、官兵衛は安心することにした。

その夜、寝床の中で秀吉は、自分が三法師になったことを夢想した。もしも自分が三法師と同じ状況で生まれていたならどんな人生を送っただろう、何をしただろうと考え続けた。

(俺は三法師にはなれぬ。信長の下で働き、年をとり、長く生きたとしても次は信忠に使われ、一生織田家の家来として自由に息もできぬ身で過ごすのか。俺が三法師の立場で生まれていたならば、どこででも思い切り息ができただろうに)

秀吉は高貴な身分に生まれたというだけで、赤子の身ですでに自分の頭の上にいる三法師のことが羨ましくてならなかった。そうしてまだ見ぬ赤子に念をつのらせていく。

(そうだ。三法師になれないのなら三法師を奪ってしまえばよいのだ)

暗闇の中で秀吉の眼が炯々と光る。

(信長は誰の命であろうとも、ためらいもせずに奪っていくではないか。俺が同じことをして何が悪い。俺にはそれができる器量がある。織田家とて、この戦国の世に成り上がってきた家だ。俺も同じことをしてやろうではないか。もう息一つするのにも周りに気を遣う人生などまっぴらだ。俺を息苦しくさせるすべてを消し去ってやる！）

秀吉は信長とその息子信忠の、よく似て整った顔を思い浮かべる。

（信長の跡継ぎには信忠がいる。たとえ信長が死んだとしても、信忠がすみやかに跡を継ぎ、織田家は変わらず世に君臨するだろう）

秀吉はもはや単なる夢想ではなく、具体的な織田家簒奪《さんだつ》の計画を練り始めている。

（信長と信忠の二人を同時に消さなくては意味がない。二人を消した後には生まれたばかりの三法師が残る。三法師をこの腕に抱え込むことができたなら、織田家をその権力ごと奪うことができるではないか！　織田家を乗っ取り、あらたな幕府を開く。そしてその先は……）

この夜から秀吉の謀反は始まった。

六月五日
羽柴軍は因幡国（鳥取県）・伯耆国（同じく鳥取県）に向けて軍を進める。
旗を立てて秀吉の軍がゆく。馬に乗り進む部隊長、徒歩で行く足軽たち。大量の荷を積んだ荷車もガラガラと音を立て進んでゆく。
隊列は終わりが見えないほど長く続いている。

「新しく組み入れた播磨の兵たちの様子はどうだ？」

馬の背で干し芋をかじりながら、秀吉は家臣にたずねる。

「はっ。よく訓練に励み、行軍にも遅れずついて来ております」

「そうか。ちゃんと働けば以前からいる者たちと差別せず扱ってやる。手柄を立てれば褒美もやると伝えよ。さらによく働くように仕上げてくれよ。逃げたり裏切ったりおかしな動きをするやつは、見せしめの為に折檻して殺してよいぞ」

秀吉は表情も変えず、芋をかじりながら言う。

「はっ。かしこまりました。怪しい動きをする者がおらぬかどうか、常に探るようにいたしましょう」

「それでよい」

「では拙者はしんがりの様子を見て参ります」

家臣は怯えたように馬を返して走り去った。

(家臣を従わせるには褒美と罰だ。手柄を立てた者には褒美をはずみ、従わぬ者、裏切者に与えるのは厳罰と死だ。光秀のように、戦で亡くなった家臣には身分を問わず皆に同じ量の供養米を寄進して弔うなど、阿呆のすることだ。なんのための身分、なんのための出世か。俺が出世するのは高い身分になって下のやつらを使うため。今まで俺をこき使ってきたやつらを見返すためだ。上の者は下の者を思いのままにしてよいのだ。ああ、他人の命を好き勝手にしてやりたい。俺を不快にさせたやつらは、その一族郎党すべて消し去ってやるぞ！）

秀吉は今日もまた光秀を呪う。織田の家臣でいる限り、何かにつけ邪魔な光秀のことが常に頭の隅にある。秀吉は毎日飽きもせず、光秀を葬る方法を考え続けている。

（光秀。俺よりもずいぶんと後から織田家にやって来た新参者でありながら大きな顔をしているあいつを、俺の前から消し去らなくては）

秀吉が信長を倒すと決めたのは、信長がいると自由に生きることができないからである。思う存分、自分が好き勝手できる世を作りたいという理由で主殺しを決めた。そして秀吉にはもう一人、殺したい人間がいる。それは明智光秀である。初めて見た時から虫が好かず、いつの間にか信長の隣にべったりと張り付いている男。それが光秀だった。

天正七年、十月のこと。中国方面を攻めていた秀吉は、毛利方についていた宇喜多直家を寝返らせることに成功した。秀吉は褒美の一つももらえるかと、弾む気持ちで安土へ登城した。ところが降ってきたのは信長の怒声だった。

「わしに断りもなく勝手な真似をするなど、このたわけが！　お前はわしに代わって政でも行うつもりか！」

「上様、お許しを」

許しを請う秀吉にむかい、信長は扇子を投げつけた。扇子の持ち手は額の真ん中にあたり、秀吉はあっ！と声をあげ、頭を畳にこすりつけて謝り続けた。

「上様、どうかお静まりを」

二人の間に入ってきたのは光秀だった。都の周りに領地を拝領している光秀は、この頃には信長の側近のような立場になっていた。

「遠く離れた敵地にいては、上様のご指示を充分に仰ぐ時がない場合もございますする。どうぞこの度はお怒りをお鎮めくださりませ」

顔を伏せながら秀吉は、目を開いて光秀の声を聞いていた。

(またただ。また光秀のやつが出過ぎた真似をする。いったい何様のつもりだ。自分の言うことを信長がすんなり聞くとでも思い、うぬぼれているのか)

家臣たちを叱責する時、信長は皆の前で光秀一人を叱責することがよくあった。光秀一人を責めることで、信長の怒りは家臣全体によく伝わる。全員に対して怒りをぶつけるよりも、一人に絞れば全体がより引き締まる。

信長はその効果をよく知っていた。光秀もまた、怒りを受け止める者が最も重い責務を与えられるのだということを理解し、その立場にいることを望んでいた。

(新参者ふぜいが俺をかばうなどと、偉そうに。やつは俺よりも上に立っているとでも言いたいのか！ 気分屋の信長はまたどうせ今日も不機嫌で、俺はたまたま運が悪くこの日にやって来てしまっただけのことなのだ。なのに光秀はさも人の良い風を装い、俺をかばう真似をして信長から点数を稼いでいる。いやらしいやつめ)

秀吉は畳に爪を立て、時が過ぎるのを待った。

信長が退室したあと光秀は、額の怪我を手当しようだのなんだのと話しかけてきた。それを断り、心ならずも助けられた礼を述べた。

すると光秀は案の定、「私は何もしていない。上様はたまたまご気分がすぐれなかっただけだから、お気になさらないないように」などと、白々しいことを言ってきた。

(俺は自分の腕一本でここまで成り上がってきた。命を張って戦場に身をさらし、手柄を立ててきたのだ。なのに光秀は信長にすり寄ることで出世している。姑息な方法を使い、自分の実力以上のものを与えられている。信長は俺が命がけで同盟者を作ってやっても気分一つで俺を虐げ、ご機嫌取りの光秀をえこひいきする。そんな馬鹿者たちに天下など治められるものか。真にすぐれた者がこの世を支配するべきなのだ）

自分の目の前から不快なものをすべて取り除く。そうすれば自由に深呼吸できる。秀吉はその日をひたすらに夢見続ける。

羽柴軍の隊列は土煙を立てて、西へ進み続けた。

七月二日

この日、花隈城（兵庫県神戸市）が、池田恒興軍の攻撃により落城した。

天正六年、信長に謀反をおこした荒木村重が、最後の拠り所とした城であった。二年にわたり信長を苦しめた村重の反乱はここに終わった。大坂本願寺の降伏に続いて荒木軍も敗れ去ったことにより、信長包囲網は破れた。

信長が高く掲げた天下布武の旗は、間もなく日ノ本全土にひるがえるところまで来ていた。

「羽柴殿。織田家の家臣として上様にお仕えするようになってから未だ十年とは経たないこの私に、日頃から何くれとなく目をかけてくださること、感謝の念に堪えません。二年前、荒木村重が謀反をおこした際には、村重の配下にいた私が織田家に戻れるようお力をお貸し下さったご恩、生涯忘れはいたしませぬ。このたび私と兄弟の契りを結んで頂けるとのお申し出、感激ひとしおに存じます。日本国中の神々に誓い、今後は兄弟として、ますます織田家のために尽くす所存にございます」

ろうそくの明かりで中川清秀からの書状を読み終えた秀吉は、「よしよし」とうなずいた。進軍する西国街道沿いの村につくられた陣幕の中である。こまめな秀吉は行軍中もあちらこちらと連絡を取り合い、細作《さいさく》を放って情報を集めている。花隈城が落ちたこともすでに知っている。

村重の持っていた伊丹城、尼崎城、花隈城という摂津国の城々は、いずれも西国と京都、近畿を結ぶ交通の要衝にある。

「花隈城を落としたことで、村重の持つ城と領地は池田恒興に与えられるだろう。村重が謀反を起こした当初、織田に刃向かい村重方に付いた中川清秀は、自分の領地のすぐ近くに恒興がやって来ることで戦々恐々とするはずだ」

底辺の何も持たない身分だった秀吉は、人の感情を探り、操り、巧みに人を味方に付けることでここまでのし上がってきた。人たらしと呼ばれる能力こそが、秀吉の武器だった。

「荒木謀反が片づいた後、池田は犬山城というちっぽけな城の城主から摂津の大名へと、破格の出世を遂げるだろう。信長の幼なじみというだけで今まで大した功績もないのに何かと大きな顔をしてきた奴が、自分の近くにやって来る。自分はといえば一度は荒木方に付いた人間だ。許されたとはいえ信長は執念深い。いつか消されてしまうかもしれない。同じ摂津衆となる池田とは何かと比べられるだろう。下手をすると些細なことで難癖を付けて自分の領地を取り上げ、池田に与えることもあり得るかもしれない。……中川はきっとそう考えるはずだ」

織田家の出世頭といわれている自分が声をかければ、中川は喜んでよしみを深めるに違いない。

秀吉は中川の不安を見抜き、接近した。

「摂津茨木城主中川清秀。これで俺とお前は義兄弟だ。今夜はまず一人で祝杯をあげるぞ」

秀吉は笑いを含んだ声で

「酒を持て！」と、室外に声を放った。

八月――

「敵襲！　羽柴の旗が見えました！」

「逃げろ逃げろ！　羽柴軍にはかなうものではない、みな逃げるのだ！」

「負けしらず羽柴」の噂は街道を伝い広まっていった。

「なんだ、だらしないのぉ。因幡国でも伯耆国でも領主たちはほとんど抵抗もせずに逃げだしおった。ちょっとは戦の真似事ぐらいしてみせてもよかろうに」

秀吉はゆく。西の大国毛利の領土に乗り込むために、あたりを蹴散らし進み続ける。


この三月。日本国中の大名たちや公家衆までをも信徒として取り込み、計り知れない力を持つ巨大な大坂本願寺が、信長と和睦した。

その直後、長年織田家に仕えた重臣中の重臣佐久間信盛が突如追放された。予告もなくある日突然、紙切れ一枚で追い出されたのである。書状にはいくつもの追放理由が書き並べてあったが、そのどれもが言いがかりのような内容だった。織田家臣を震え上がらせた佐久間父子追放の知らせは、すぐに秀吉のもとにもたらされた。現在秀吉は伯耆国に陣を布いている。

「佐久間殿が担っていた本願寺取次のお役目は、やはり明智殿が引き継ぐのか」

あぐらをかき大きく胸元をはだけた秀吉は、うちわを使いながら官兵衛に問うた。

「細作の調べではそのようでございます。もうすぐ上様から正式なお達しがありましょう」

秀吉のうちわが止まる。

「また明智殿がご出世なさったというわけか」

面白くもなさそうに口をゆがめる。

(働けど働けど俺より上に光秀がのさばっている。信長はなぜこうも光秀ばかりを引き立てるのだ)

「ここ数年の殿のお働きは、決して明智殿に劣るものではございませぬ。いえ、これは私のひいき目ではございませぬ。毛利を打ち破ることができましたなら、きっと西国の取次役は殿に申しつけられることでしょう」

秀吉が気落ちしないよう言った官兵衛だが、その後に付け加えられた軍師としての冷静な分析に、秀吉は舌打ちしたくなった。

「これで織田家の家臣のうち、複数の領地を支配し、他国の大名を相手に自軍の兵力だけで戦える者。すなわち大名に並ぶ規模の権力と軍事力を持つ者は、北陸方面の柴田勝家殿、中国方面の我が殿、そして畿内方面の明智光秀殿の三名になったということにございまする」

「ああ……」と嘆いた秀吉は、ばたりと畳の上に大の字になり目をつぶった。

(やはりあの金ケ崎《かねがさき》の退き口《のぐち》が大きかったのか)

秀吉はちょうど十年前の元亀元年（一五七〇）、金ケ崎《かねがさき》（現・福井県敦賀市）での撤退戦を思い出した。

「逃げるぞ！　尻に火がついた！」

言いながら、早くも信長は馬の鞍に足を掛けている。その時、

「わたくしがしんがりを務めましょう。お早く京へお逃げなさいませ」

と、涼しい顔で進み出たのは光秀だった。

永禄十一年（一五六八）、信長は足利義昭をかついで上洛を果たし、義昭を第十五代室町幕府の将軍職に就任させた。幕府の守護者となった信長は、越前の朝倉氏に対して京都へ挨拶に来るよう促した。

「成り上がりの田舎侍の織田などに、名家朝倉家当主であるわしが挨拶に赴くことなどありえぬ」

朝倉義景は信長の呼びかけを無視した。信長はこれを幕府に対する反抗とみなし、越前を自分の支配下に置く好機として、朝倉氏討伐のためみずから出陣した。

朝倉方の城・金ヶ崎城攻略に成功した直後、織田家の同盟者である北近江の浅井氏が裏切ったとの報せがもたらされた。信長は越前朝倉氏と北近江浅井氏との間に挟まれる形となった。すぐ目の前に死が迫っている。

「わが妹市《いち》を嫁がせよしみを結んでやったというのに、浅井長政め、この恨み、忘れはせぬぞ！」

信長は浅井氏裏切りの報を受けるやいなや、尻をまくって逃げ出した。逃げることを恥とも思わぬ見事な逃げっぷりである。

「殿、お逃げなさいませ。あとはこの十兵衛が命を賭して殿の背後をお守りいたしまする」

信長が一目散に逃げ出せたのは、当たり前のようにしんがりを申し出た光秀を深く信頼していたからである。

「十兵衛、必ず生きて京へ帰ってこいよ。おまえがいなくなるとつらい」

信長はなぜだか怒ったような顔で光秀にそう言った。光秀は、ただ微笑んでいる。

力一杯に手綱を引くと、信長を乗せた馬は両の前脚をあげた。馬上から半身を反らせて光秀を見た信長は、もう一度、「必ず帰れ！」と言った。

「お待ちくだされ！」

その時、二人の間を引き裂くように秀吉が飛び出してきた。

「なんだ、猿！」

信長は忌まわしそうに吐き捨てる。

「拙者も明智殿とともに残り、しんがりを務めまする！」

秀吉はせいいっぱい大きく伸び上がり、馬上の信長に向かって声を振り絞った。

「好きにしろ」

氷のような声で吐き捨てた信長は、秀吉には目もくれずに京を目指して落ち延びていった。馬の脚が巻き上げた砂が、秀吉の顔を叩く。噛みしめた歯の間から、じゃりっと音がした。

信長は、ほうほうのていで京へたどり着いた。

従っていたのはほんのわずかな数の供廻《ともまわり》だけだった。光秀と秀吉たちは協力し、被害を最小限にくい止めて、やっとのことで逃げ切ることができた。

(あの時光秀がしんがりを務めるなどと余計なことを言い出したせいで、俺まで残る羽目になってしまったのだ。生き残れたから良かったようなものの、死んでもおかしくないひどい戦いだった。新参者の光秀は信長の覚えを良いものにする為に、危ないしんがり役を務めるなどと言い出した。この俺を差し置いて余計な真似をしてくれたお陰で、俺も残ると言わざるを得なかったのだ)

金ヶ崎でのことを思い出すと、十年経った今も光秀への怒りがふつふつと沸いてくる。

(いや、俺は光秀などより肝が座った男だ。光秀が言い出さなければ、俺の方が先にしんがりを務めると言っていたはずだ。俺がすべきことを光秀のやつに先を越されたのだ。やつは織田家に来た当初から厚かましい真似を重ね、俺がするはずだったことを次々と横取りしていった)

秀吉は唾を吐くような気分で光秀のことを考え続ける。

(あの時から信長は光秀に目をかけるようになったのだ。挟み撃ちにされ生き残ることは無理だと思われた金ヶ崎の退き口で、しんがりをいち早く務めると言い出した光秀を信長は信用するようになってしまった。そうだ、やはりあの時からだ)

むくりと秀吉は起きあがる。寝てしまったと思ったのか、官兵衛の姿はない。

(今に見ておれ。俺の場所を横取りし、俺の前に立ちふさがるやつにふさわしい末路を与えてやる。最も信頼されている者を、最も汚れた裏切り者としてやろう)

信長と光秀の間をどういう風に裂いてやろうか。考えると少しだけ気が晴れる。秀吉はふたたびうちわを使い、風を楽しんだ。

戦は続く。この年の暮れも前年に引き続き、織田軍の諸将は戦場で年を越した。秀吉は播磨で検地を行うなどしている。

第二章　天正九年「謀　略」

天正九年（一五八一）の年明けは、大晦日から降り出した雨とともに始まった。

二月。信長は京都で大々的に馬揃え（軍事パレード）を行った。正月の祝いの一環として安土で行われたものが評判となり、正親町天皇が見たいと所望したため京都でも催されたのである。

「ああ、わしも加わりたかったぞ」

「何事ですかな、殿。また大声を出されて」

「官兵衛よ、京都で行われた馬揃えについて知らせが届いた。おぬしも読んでみろ」

姫路城を拠点に西国を見回る生活が続く秀吉は、京都での馬揃えに参加できなかったことをたいそう悔しがった。書斎に座り、京都のことを知らせる書状を読みながら、つい大声を出していた。

「ずいぶんと派手な催しだったようでございまするな。織田家の主立った武将たちはみな参加している。ほう、物語の人物に仮装して馬に乗ったとは。なるほど。差配役は明智光秀殿」

「明智殿はこういう行事を取り仕切るのが大得意だからな。派手好きの上様以上に張り切って差配したんだろう」

（どうせまた皆から趣味が良いとかなんとか誉められたのだろうよ。光秀のやつ、内心では得意満面のくせに、きっと取り澄ました顔でいたのだろう）

秀吉は腹の中ではそう思ったが、官兵衛の前でそこまで口にはしなかった。

「どれほどの費用がかかったのか、恐ろしいくらいでございますな」

「官兵衛」

秀吉は含みのある顔で言う。

「この行列の順番表だが、おもしろいな」

「と申されますと？」

「織田家中の序列が一目でわかる。見ろ、ご長男の信忠様が引き連れたのは騎馬八十騎。ご次男の信雄様が三十騎。三男の信孝様は十騎」

「なるほど。ご長男の八十騎は当然として、信雄様と信孝様の間で差が付けられましたな。信孝様は不満に思っておられるかもしれませぬ。これはご兄弟の仲に響くことにならぬとも限りませぬ」

「そうだろう。上様はどういうお考えだか知らぬがな。官兵衛、上様はな、織田一族同士、血で血を洗う争いを経て今の地位に至ったお方なのだ。ご自分の叔父を殺し、弟を殺しなさった。そうやってご身内を殺して生き延びて来たお方だ。それがご自分のお子さま方のことは溺愛なさっておられる」

秀吉は信長の暗い過去を歌うように囁いた。

「なるほど」

官兵衛は一瞬だけ、じっと目をつぶった。

「しかし上様は、ご子息に序列は付けておられる」

「そうだ。どの子もかわいいといっても一門の中での序列はまた別の話だ。だが御曹司方がそれを理解し、納得しているのかどうかはわからんぞ。上様はご自分が肉親を手にかけたような事が起きることを想像なさっておられるのかどうか。ふふ、歴史は繰り返すというからな」

秀吉はあぐらをかいた身体をぐらりぐらりと揺らして言った。

「上様が手にかけた弟御の息子は成長し、今では上様の家臣として仕えておられる。そのうえ明智殿の娘御と結婚させ、安土の近くに一城を築くことをお許しになった。復讐されることを恐れてはおられぬのか、上様も甘いのぉ」

馬揃えは都でたいそうな評判をとり、正親町天皇の要望でふたたび開催されたという。

六月。秀吉は二万の軍勢を率いて中国へ出陣し、毛利方の城である鳥取城への兵糧攻めを開始した。

八月十四日

「どうだ、良い馬であろう」

「はっ。三頭とも毛並みのつやが良く、丈夫そうな良い馬にございます」

安土城の厩舎から引き出された馬たちは、どれもたくましい脚を持っている。

「右近、この三頭を鳥取の羽柴に持っていってやれ。陣中見舞いだ」

「かしこまりました」

突然鳥取へ行けと命令された高山重友(通称・右近)だが、織田家の家臣たちはみな信長の気まぐれに慣れているので、急な命令にもまったくたじろがなかった。

「鳥取城を救援するために毛利が大軍でやって来るとの噂があると、羽柴が知らせてきた。右近、鳥取城周辺の様子を調べてまいれ。毛利が本当に本隊を出してくるのであれば、わしみずから中国へ出陣し、毛利を殲滅する」

「はっ」

信長の家臣はみなそうであるように、右近も全身を緊張させ、主君の命令を聞き逃すまいとしている。そうして答える時は簡潔に答えるのである。

「それから、羽柴の様子も見てくるように」

「様子とは？」

「やつはこれまでわしの意向をきかずに勝手な真似をすることが幾度もあった。何かを察知したならば、すべてわしに報告せよ」

「承知いたしました」

「急がずともよい。じっくりやつの動きを探ってくるように」

「はっ。それではすぐに高槻城に戻り、支度をして出立いたします」

右近は三頭の馬それぞれに十字を切って祈った。

「キリシタンはケモノにも呪文をかけるのか？」

信長はにやにやと右近を見ている。

「すべての命はデウス様のしもべでありますゆえ、ケモノの無事もデウス様にお願いいたしました」

「であるか。ではわしも南蛮の僧たちに命じて、お前と馬たちの無事を祈らせよう」

「上様！　感謝いたしまする」

「気をつけて行け」

「はっ」

信長は冗談のつもりだったのだが、真面目な右近は本気にしたようである。足取りも軽く去っていく右近を見ながら信長はくつくつと笑った。

秀吉の陣営で手厚くもてなしでも受けたのだろうか。その後右近が畿内へ戻ったのは、ずいぶんと日が経ってからのことだった。


「毛利はなかなか来ないな」

「四方八方に細作を送って探らせておりますが、毛利の本隊が動く気配はございませぬ」

中天にかかる月の光が冴えている。

「山の夜は冷えまする。外におられてお寒うございませぬか」

「大丈夫だ。お主の方こそ平気か？」

「私はなんともありませぬ」

二人の目の先には、山頂に鳥取城を載せた山がある。二人は今、鳥取城の東方に位置する山の頂に構えた本陣にいる。

「蟻の這い出る隙間もないようにと申された殿のお言葉どおり、鳥取城の周囲は厳重に固めております る」

「お主の策を入れて城周辺の米を買い占め、やつらが籠城前に米を買い入れるのを妨げてやった」

秀吉は若狭を領土とする丹羽長秀に頼み込んで商船を鳥取周辺に派遣してもらい、米を買い占めてもらっていた。

「いまごろ城の兵糧は尽き果て、籠城の限界を越えておるでしょう。すでに餓死者が多く出て、飢えのあまり死人の肉を奪い合って食らっているとの報告もございます。いまだにたてこもり続けているとは、いやはや驚くばかりにございます」

「お主はまこと、恐いやつだ」

「殿、私は殿の為に知恵を絞っているというのに、あまりの言い方ではござりませぬか」

「ははは、これは済まぬ」

軽く笑ったあと秀吉は、ふと真顔になり言った。

「鳥取城にこもったやつらが毛利の救援を待っているように、わしも毛利が来るのを待っているのだ。毛利本隊が動けば、上様は一気に毛利との決着をつけようと、みずからこの鳥取城へお出ましになるだろう。羽柴軍と織田軍との大軍をもって攻撃すれば、毛利とてひとたまりもあるまい。攻撃の先陣を担う名誉を得て、わしの織田家中での地位は上がるはずだ。明智殿を追い越すことも無理な願いではない」

「毛利は本当にやって来ましょうか？　上様が毛利と和睦することは考えられませぬか？」

秀吉はちょっと目を見張った。

「さすが我が軍師官兵衛殿。わしもそのことが気になっているのだ。もしも織田と毛利が和睦した場合、毛利との戦で先頭に立ってきたわしの立場はどうなるものか」

秀吉は、毛利と瀬戸内海を挟んで睨み合う土佐の長宗我部元親とも書状をやり取りしている。長宗我部と織田との取次は光秀があたっているところから、秀吉は長宗我部に対しても入念に探りを入れていた。

(長宗我部からの書状と細作による調べを合せて考えてみるに、信長が毛利と講和しようとしていることはほぼ間違いない。おそらく光秀が「兵を消耗する戦さではなく、講和という形で終わらせましょう」などと、甘っちょろいことを吹き込んだのだろう。奴が得意な裏工作で、毛利家の使僧安国寺恵瓊あたりに講和を持ちかけたはずだ。中国担当のこの俺を差し置いて余計なことをしてくれおって)

秀吉の眼の中に、松明の火がぎらぎらと映り込んでいる。

(この戦は講和ではなく、羽柴軍が毛利軍を屈服させるという形で収めなければならない。そうして毛利を倒したあかつきには、その領土の支配役にこの俺が任命されるのだ。絶対に講和などで毛利との戦さを終わらせてなるものか)

「毛利が鳥取城救援に来れぬのは、宇喜多直家たちが思いのほか強硬に毛利をくい止めているのかもしれませぬ」

秀吉の苦悩をよそに、官兵衛はいつもの通り冷静に戦況を見すえる。

「直家は病が重いと聞いていたが、そうか、奮戦しておるのだろうか」

「おそらく上様率いる織田軍の主力部隊の到着を待たず、鳥取城は落ちましょう」

(兵糧攻めが効き過ぎたか。ちくしょう。毛利の本隊が来さえすれば織田の本丸もやって来るというのに……。信長を殺すには、まず安土城から引きずり出さねばならぬのだ)

秀吉は目の前にある木の細枝をへし折った。

官兵衛は目を大きくしたが、黙っている。

(仕方がない。次の手を考えなくてはならぬ。まあいい。俺が呼べば本丸が動く、ということがわかっただけでよしとしよう)

十月二十四日

鳥取城がついに落城した。多くの餓死者を出しての開城だった。城主は切腹し、家臣たちは解放された。鳥取城が落城すると、周辺の城も次々と羽柴方に降参していった。

十一月十七日

「そーれっ、そーれっ」

水夫たちは息を合わせて櫂を漕ぎつづける。波はおだやかである。海鳥が飛び交う中を船はぐんぐんと進んでゆく。秀吉は甲板に立ち、舳先の方を見るともなしに見つめ続けている。

鳥取城に毛利の本隊はやって来ず、信長が出陣して来ることもなかった。このまま信長は毛利と講和してしまうのではないか、だとしたら主戦派の自分の立場はこの先どうなる。

不安にさいなまれていた秀吉に、信長から淡路島を攻略せよとの命が下った。

（淡路島を織田の支配下に置く。それはつまり淡路島を拠点として四国に侵出し、長宗我部を叩けということだ。信長はついに長宗我部を切ることに決めたのだ）

長宗我部元親を切り捨てるということは、光秀が四国方面の取次役から外されたことを意味する。

（長宗我部と明智とは遠縁関係にあるという。やつはこの話をどんな顔で聞いたのやら。いや、やつのことだ。きっと恰好をつけ平気な顔を装って、信長の意に従うと言ったのだろう。しょせんやつは人の命令に従うことに長けただけのやつだ。俺の相手になるほどの者ではない）

海と空の碧さも秀吉の心の闇を照らすことはない。

（信長はいつも領土を奪って来いと命じるだけで、どのように奪うかを考えようともせぬ。すべて家臣に任せっきりだ。手だてを考えることも金や物資の調達も、戦を行う為のすべての采配を家臣が自力でおこなわなければならぬ。信長はただ高所から、声一つで命令するだけだ。……光秀だ。あいつが当たり前の顔をして信長の無茶を呑んでいるから、他の家臣もそうしなければならなくなってしまう。光秀が信長を益々つけあがらせているのだ。もしもその光秀に裏切られたとしたら、信長はどんな気持ちになるだろう。荒木村重に裏切られた時以上に面白いことになるのは、間違いあるまい）

秀吉は素晴らしい楽しみを見つけたように、目を輝かせた。

淡路島へ乗り込む前に、官兵衛を派遣して島の有力者を調略し、取り込ませておいた。

お陰で羽柴軍が上陸したとたん敵方はなだれを打つように降参した。秀吉は島の三好水軍・村上水軍を自軍に取り込み、毛利水軍の一部も寝返らせ、毛利氏の持っていた瀬戸内の制海権を奪取した。秀吉という人間は、危険を感じる感覚が麻痺しているかのようだった。

どこへでも飛び込み、次々と標的を落としていく。大将みずから飛び込む姿を見て、家臣たちの秀吉への信頼はどんどんと厚くなる。

成功を重ね、秀吉の自信と自尊心は止まることなくふくらんでいった。

年末の安土城。大手道沿いに建つ秀吉の屋敷から城へ向けて出発した行列は、いつ終わるのかわからないほど長く続いている。信長へ贈る歳暮を運ぶ行列である。豪華な歳暮の噂は、安土中の評判になった。

「羽柴筑前守殿より、小袖二百枚、御献上」

歳暮の目録を読み上げる小姓の声が響き、対面の間に控える者たちの間に、静かなどよめきが広がった。大量に積まれた歳暮の品の間に座り、秀吉は埋もれたようになっている。

信長はそれを見て、くすりと鼻を鳴らした。

高価なもの、珍しいものを贈られることに慣れている信長も、この大量の献上品には驚いた。

お返しとして、

「このたび因幡の国鳥取の堅固な城と大敵に対し、一身の覚悟をもって戦い一国を平定したことは、武勇の誉れ前代未聞である」と、賞状を贈ってやった。

「上様にお喜び頂き、この羽柴、光栄の極みにございまする。明年もまた引き続き西国平定を目指し、命を懸けて励む所存にございまする」

芝居がかった真似の得意な秀吉は、感激の涙を流さんばかりに喜んでみせた。信長だけではなく、女房衆へもそれぞれ小袖を贈った秀吉に対し、信長は賞状に加えて気前よく茶の湯道具十二種を与えてやった。


「あー、やれやれ。ご機嫌伺いは肩が凝るわい」

昼過ぎ屋敷に戻った秀吉は、「今から丹羽長秀殿の屋敷に向かう。湯漬けを持ってきてくれ」と命じた。城に上がった正装のまま湯漬けをかっこんだ秀吉は、席の暖まる暇もなく同じ大手道沿いの丹羽長秀屋敷へと向かった。小者が引っ張る馬の鞍には、長秀への歳暮がくくりつけられている。新年に向けて掃き清められた前庭を通り、秀吉は丹羽邸内の座敷へと通された。

「羽柴殿、よく参られた」

「丹羽様。歳末のお忙しきところご無礼いたしまする。鳥取城攻めの際にはお骨折り頂き、まことにかたじけなく存じまする。本日は遅ればせながらお礼に参った次第にございまする」

古くから信長に仕える丹羽長秀は、柴田勝家と並んで「織田の双璧」と呼ばれる存在である。領地は北陸若狭の地を拝領している。

鳥取城攻めに際して秀吉は若狭から商船を派遣してもらい、鳥取城周辺の米を買い占めてもらっていた。おかげで鳥取城は兵糧米を入れることができず、多くの餓死者を出して落城した。

秀吉はあらためて丁重な礼を述べた。

「いやいや、もう十分礼は尽くしてもらっておるというのに、今日もまた結構な品物を頂戴し、こちらこそ礼を申すぞ」

穏やかそうな丸顔の長秀は鷹揚にこたえる。

裕福な豪商のようにも見える長秀だが、織田軍の歴戦に参加して功績を挙げた武人である。また政治面でも優れた手腕の持ち主であり、信長からの信頼は絶大だった。

「しかしただでさえ西国遠征で大変なところ、淡路島まで兵を出されるとはご苦労であったな」

「上様のご命令のまま西国へ、淡路島へとただただ走り回っております。近頃では弟が何かと助けてくれるお陰で、なんとかやっております次第で」

「おお、そうだった。弟の長秀殿は息災でおるか」

「はっ。もったいなくも丹羽長秀様のお名前を頂戴したからには、その名に恥じぬようにと懸命にやっておりまする」

「ははは、それは頼もしい。良い弟御を持たれたな」

「いやあ、そのお言葉をぜひ弟に聞かせたいもの。なんと嬉しいことを申してくださるのか。この兄を助けてくれる身内といえば弟の他にはありませぬもので」

秀吉はしみじみとした顔になった。豪華な贈り物を配れるまでに出世しても子どももなく、頼りになる身内も少ない秀吉を、長秀はなにやら気の毒に思った。

「上様にお仕えした当初、誰にも相手にされない私を丹羽様はよくかばってくださいました。ですからそのお名前をぜひ弟に頂戴したいと思うたのです」

「そうであったか。羽柴殿はなぜかわしを頼ってこられたからな」

「織田家の中でも特に古参の柴田殿は、新参者には恐ろしくいかめしい方で、私はよくお叱りを受けたり無視されたりしておりました。そこで同じ古くからの重臣であられる丹羽様に泣きついたところ、下っ端の私を邪魔になさらず、色々とお教えくださり助かりました」

「うむ。柴田殿は愛想が良いとはいいがたい。羽柴殿が恐れていたのはよくわかる」

「鬼柴田というあだ名をご本人はどう思っておられるのでしょう」

「勇猛だという誉め言葉と思っておるのだろう」

丹羽は冷たい声で言った。あくの強い柴田とは何かとそりが合わない。どこでもそつなくふるまう秀吉も、勝家からは胡散臭く思われている。だが秀吉は、勝家が可愛がっている前田利家とはずっと親しく付き合っている。

そうやって代々織田家に仕える者たちの間に入り、出世しながらも出過ぎた存在にならぬよう、注意深く生きてきた。身分にこだわらず家臣を能力で評価する信長だが、気に入らない人間に対してはいつ怒りを爆発させるかもわからない。そのような主君に仕える家臣は身分や家柄に安穏とせず、常に気を許さずに働き続ける緊張を強いられている。息もつけない毎日を、誰よりもうまくやっていけると思っていた。そんな秀吉の前に立ちふさがったのが光秀だった。

ひとしきり話を終え、長秀は「酒の用意をさせよう」と言ったが、秀吉は「まだ挨拶に回るところがあるから」と、屋敷を後にした。


「これは近衛様。ご機嫌よろしゅうござりまする」

「うむ。今年も押し迫って参りましたな」

謁見の間にはすでに幾人もの公家衆が参内している。前久は御簾の向こうの天皇に年末の挨拶をして、この後二条新御所の誠仁親王のところへも伺候することを伝えた。

「二条へは前右府《さきのうふ》（前の右大臣。信長のこと）がよく訪れておるとか」

「はい。お上もご承知の通り、二条新御所は前右府が親王様へ贈った御殿でありますゆえ、付き合いが続いておられるのでしょう」

「近衛。前右府はなぜ官職を求めぬのであろう」

天皇が珍しく進んで言葉を発する。

「朝廷に仕える者はみな官位を求め、少しでも高い位を欲しがるものだ。だが前右府は朝廷から与えられた位も右大臣という官職も、みずから返上しておる。たとえ将軍といえども朝廷から授かった官位という権威がなければ、この国を統治することなどできぬというのに。前右府は朝廷を必要とせぬのか」

「お上、あまり御心をお煩わせになられますな。前右府がどのような男で何を考えているとしても、お上や朝廷をどうこうすることはございませぬ。むしろ織田家は前右府の父の時代から、朝廷のために御所を修築したり、多くの物を献上したりしていたではござりませぬか」

信長の父・織田信秀は、木曽川の舟運で栄えていた津島湊を押さえるなど流通経済に明るく、豊かな財力を築いた。その財力で朝廷に多額の献金をするなど、勤王の志が篤いといわれた人物であった。信長もその父の意志を継いだかのように、御所の修築の他にも伊勢神宮や熱田神宮へ献金などをしている。

「そうであったな。ああ、しかし解せないものは恐ろしい」

御所の中から外へ出ることのほとんどない天皇は、異常なことや決まりから外れたものに対し、ことのほか神経を尖らせる。そういえば、と天皇の様子を伺っていた公家衆は信長の噂話を始めた。

「前右府は『天主』と名付けた建物に住み、安土では神のように振る舞っているとか」

「そのうえ紫宸殿と見まがうばかりの宮殿まで建てているという」

「前右府は都を安土に移したいと思っているのであろうか」

「みな、お静まりなさい。お上の御前ですぞ」

前久が、やれやれと言いたげに注意する。

「近衛。親王は前右府とたいそう気が合うと申しておるが、予には親王の気持ちがまるでわからぬ。そちも前右府と親しくしておろう。そちには前右府が何を考えておるのかわかるのか？」

「確かに前右府殿はあの通りややこしい人物ゆえ、何を考えておるのかまでは、はたとわかりませぬが」

信長とは同じ趣味の鷹狩りを通じて付き合いの深い前久も、さすがに信長のすべてを理解しているわけではない。天皇の前でも言葉をにごすしかなかった。

「お上。前右府は安土にお上を招き、もてなしたいとの夢を見ているのではございませぬか。ですからお上の御座所としての宮殿を建てたのではありますまいか」

「そうか。それならば、それで良い。予は『天主』に住み、生きながら神のように振る舞う前右府は、うつけ者かと思うたぞ」

天皇が軽口めかした口調で言う。どうやらそれほど深刻に信長について悩んでいるわけではないらしい。御簾を透かして伝わる気配も軽やかである。

「うつけ者とは前右府の国、尾張の言葉でござりまするな。お上がそのような言葉をご存知でいらっしゃるとは」

「きっと女官たちがお上のお耳にお入れしたのでしょう」

「仕方がないことでございまするなぁ」

天皇がざれごとを言ったとあって、公家たちはまたきゃらきゃらと信長の噂をしはじめた。臣下の者たちが勝手に喋るのを許していた天皇が言う。

「それにしても無冠の者が統治者でいるなどとは、今までにない不自然なことだ。そのような者はおらぬ方がよい。神になって地上から去り、天へ帰ればよい。ほほほ」

御簾のむこうで、天皇が扇を口元に当てるのが透けて見える。

「お上……」

前久は天皇がまた軽口を言うのに苦笑した。

どうやら今日の天皇はいたって機嫌が良いらしい。

「ほほほ」

「ふふふ」

天皇と公家衆はまるで一つの生き物であるかのように薄暗い部屋の中で親密に笑い、ささやき交わす。

「前右府はもともと天下人になるつもりもなかったものを、足利義昭殿が不甲斐ない有様であった為に今の地位に就いたような男でございますから。思わぬ出世をして舞い上がってしまっておるのかもしれませぬ」

天皇は信長が官位を受けて、朝廷の秩序の中に入ることを望んでいる。そうすれば朝廷と武家とが長くそうしてきたように、これからも共に、京都も日ノ本も治めていけるだろう。天皇はそれが自然な姿であると信じ、そうあるようにと日々、皇祖神に祈りを捧げている。

「前右府が再び官位を受ける気があるのか否か、のちほど親王殿下に訊ねてみることにいたしましょう。殿下であれば、何事かご存知でおられるかもしれませぬ」

前久がいうと、天皇が微笑む気配がした。


天皇のご機嫌伺いを終えた前久は、二条新御所の誠仁親王のもとへ年末の歳暮を届けにきた。するとと先客がいた。同じく歳暮を届けにきた秀吉であった。

前久が「羽柴殿はこちらにはよく来られるのですか」と誠仁親王に訊くと、「京都へ戻ってこられる時は、必ず私の様子を見にきてくれるのだ。この邸の住み具合を聞いて使いやすいように直してくれたり必要な物を届けてくれたりと、何かと助かっている。今日も好物の川端道喜のちまきを献上してくれた」とおっとりと答えた。

天皇のように御簾の向こうに座しているのではなく、親王は臣下と同じ部屋に座り、おだやかに話に加わっている。

「私どもの家臣がこちらの改築を受け持ちましたので、その後も何かとお邪魔しております。私はしばらく西国へ詰めておりまして、今日はひさしぶりに殿下のご機嫌伺いに参っております」

二人から少し離れた下座に位置する秀吉が、控えめな様子で言う。そのうち話題はやはり、天皇と信長のことになった。

「なんと！　安土の建物のことを天子様がお気になされていたとは」

秀吉が気色ばって言った。

「安土城は確かに奇抜な建物なれども、決して天子様がご心配になられるようなものではございませぬ。あれはわが殿が他の地方の大名たちに見せつけるため、派手に造らせただけのものにございまする。宮殿に似せて造った御殿も、天子様のお気に召して頂けるようにとの想いが込められたものであると、私ども家臣は理解しておりまする」

秀吉は懸命に訴える。

「わが殿は、安土へ天子様が行幸なされる日を夢に見ておるのです。決して不埒な気持ちで建てたわけではございませぬ」

「そうであったか」

秀吉の思いもよらぬ剣幕に、前久は少しばかり鼻白む。

「近衛殿、前右府はああ見えて気持ちの優しい人だ。忙しい身であるのに度々ここを訪れて、私の話に付き合ってくれる。決して悪い人ではない」と、親王が眉を下げた顔になり言った。

誠仁親王は、信長から今の住まいである二条御所を譲られる等、多大な援助を受けている。老練な手腕で朝廷を背負う父に似ず、育ちの良さが表れているような温厚な人柄で、信長から非常に愛されている。

「殿下が仰ることは私もよくわかりますぞ。私も前右府とは鷹狩りを通じてよしみを結んでおりますゆえ」

はっはっ、と前久は思い出し笑いをした。

「どうしたのだ」

急に笑い出した近衛を見て、親王はきょとんとした目で問う。

「いえいえ、これは失礼いたしました。さきほどのお上の軽口を思い出してしまったのです」

「軽口？　なんと仰ったのだ？」

「お上は安土城の恐ろしげな噂話をお聞きになり、〝天主に住み神になりたいのなら、天へ帰っていなくなればよい〟と仰せになりました」

「なんと！」

親王は驚いて開いた口を扇子で隠した。

信長のことを軽口でうつけ者と呼んだ天皇のことを思い出し、前久はまだおかしそうに、ははは、と笑っている。

「安土城は決して怪しげな意図を持って造られた城ではないと、お上にお伝え致しましょう」

「陛下が軽口を仰せとは、お珍しい」

前久はさきほど宮廷で出た話題を話して聞かせた。素直な性格の親王は軽口を言ったという天皇の様子を楽しそうに聞いていたが、秀吉はにこりともせず、じっと聞き入っている。

「わが殿のことを天に帰っていなくなればよい、とお望みになったとは。天子様はずいぶんと大胆なお言葉を仰せでござりまするな」

「はは。お上が軽口を仰せになるのは、たいそう珍しいことだ」

「聞くところによりますと、天子様のお言葉には言霊《ことだま》が宿ると申して、一度発せられると取り消すことができぬとか」

「そう。古来、言霊思想というものがある。であるからお上はめったに軽口など仰せにならぬのだ。今日はことのほか上機嫌であられた」

「なるほど。それはおよろしゅうございました。来年も天子様のご機嫌が良い年になることをお祈りいたしまする」

秀吉はやけに仰々しく頭を下げてみせた。

二人の前から退出する時、再び、「そうでござりまするか。いなくなればよい、天に帰ればよいと仰せであられましたか」と、小さくつぶやいていた。

馬の背に揺られながら、秀吉は岐路に着く。往きには貢ぎ物を大量に運んで来たがすべて方々に配り終え、帰りは身軽になっている。

(天正九年も終わる。この一年、俺は但馬・播磨・因幡を平げた。それから淡路島へ手を伸ばし、三好水軍・村上水軍を手なづけた。毛利水軍の一部も従わせている)

歳の瀬の寒風に吹かれながら秀吉は、力が身体にわき上がるのを覚え寒さを感じなかった。

(今の俺は他国の大名相手に、自軍だけで戦えるだけの力を持っている。さて、この俺の力をどう使うか、よく考えるのだ)

信長がさらに天下統一に近づいた天正九年は、暮れていった。

第三章　天正十年「二条御所の変」

「医師はおらぬか⁉」

「押すな押すな！」

「助けてー！」

「キャー！」

天正十年。信長の人生最期となる年は、人々の悲鳴と怒号で明けた。

元日、織田家一門衆をはじめ近隣諸国の大名、土豪たちが、信長に年頭の挨拶をするため安土に集まった。一般の民たちも安土城内を見物することが許された為たいそうな人出で、城へと上る山裾の石垣が踏み崩されたほどだった。多数の人々が崩れた石垣の下敷きになり、現場は正月から阿鼻叫喚の地獄絵図のようだった。そのような騒ぎが起こりながらも、信長への新年の目通りは続けられた。

城内見物をした人々には、もっと驚くことが用意されていた。信長は見物料一人百文（約一万〜一万五千円）を持ってくるよう前もって触れを出していたが、その料金を信長みずからが徴収していたのである。

「なんとまぁ、殿様御自ら百文を受け取られるとは」

「受け取った銭は見もせずに、後ろ手に投げ入れておられる。ほんに変わった殿様であられることよ」

晴れ着で着飾った信長の投げ入れる銭の音が、チャリーンチャリーンと響き渡るなか、見物客の列はいつ途切れるとも知れず、長く続いていた。


安土で新年の挨拶を終えた秀吉は、ひさしぶりに居城である長浜城へ帰ってきた。

「おーい、戻ったぞー！」

バタバタと音を立て、秀吉は正室寧《ねい》の居室に走り込んだ。

「殿様、お帰りなさいませ」

寧は福々しい笑顔で出迎える。

「おお、元気そうで何よりだ。かかさまの顔を見ると安心して腹がへってきた。そうだ、ふなずしはあるか？　久しぶりにふなずしが食いたいのぉ。誰かゴロの家に使いをやって届けさせてくれ」

「まあ、なんです、お帰りになる早々あわただしい」

たしなめながらも秀吉のわがままを嬉しく感じる寧は、いつもふなずしを届けてくれる農家に使いをやった。

「かかさま。実はな、今度池田恒興殿の三男を養子にもらおうかと考えとるんだが」

火鉢にあたりながら秀吉は切り出した。

「あれまぁ、また御養子をいただくのですか？　もうすでに信長様の四男の秀勝様をいただいているではありませんか」

目を丸くする寧に向かい秀吉は、

「それはそうなんだがなぁ、どうしても恒興殿とは親しくなっておきたいのだ。かかさまも知っておるだろう。恒興殿は上様の幼なじみだ。繋がりを持っておくと何かと都合がええもんでな」、と言いながら、一緒に火鉢にあたる寧の手をさする。

「仕様がないですねぇ」

実子が生まれぬ以上養子の二人も三人も同じかと、おおらかな寧は甘える夫の願いをきいてやる気になっている。

「やっぱりかかさまはええのぉ。細かいことは聞かずに、なんでもわしの好きにさせてくれるわい」

言いながら寧の膝を枕にして横になり、一つ大あくびをした。

すっかり暖まった頃、ふなずしが届けられた。

「ゴロはまだおるか？　引き留めておいてくれ」

言うと秀吉は飛び起きて、城の出入り口へと向かう。

「ゴロ、寒い中ご苦労であったな」

使用人が使う出入り口までやって来た秀吉にみな驚いたが、秀吉は気にすることなくふなずしを届けた男に声をかける。ゴロと呼ばれた若者は、はいつくばうように頭を下げている。

「ひさしぶりにゴロのふなずしを食いたくなったもんでな。正月早々無理を言ってすまんかった」

「殿様、とんでもない。お望みならばいつでもお届けいたします」

ゴロは心酔する秀吉に声を掛けられ、天にも昇る気持ちになる。初めて秀吉からお声掛けのあった日も、こうして気さくに話しかけられたことを思い出す。

その日も今日のように秀吉は城の勝手口までやって来て、自分が献上したふなずしを褒めてくれたのだった。

「このふなずしがあまりにうまいもんでな。礼を言いにきた」

殿様とは天上人だとばかり思っていた一農民に過ぎない若者は、すぐ目の前に殿様が現れ、自分が納めたふなずしを「うまいうまい」と褒めてくれることが信じられなかった。若者が、ふなずしはこの地方の伝統食であり各家で作っていることを伝えると、殿様は「また食べたいから届けて欲しい」と言い、若者を喜ばせた。

ふなずしを献上した日からしばらくしたある日。畑仕事をしていると殿様の領内見回りがあり、自分のことを覚えてくれていた様子の殿様から声を掛けられた。長浜の有力な農家の息子である若者は、畑について、村について、殿様に請われるまま自分の知る限りのことを話した。殿様は長浜のことについてもっと知りたいと、あぜ道で土下座して話す若者のもとに馬から降りて近づき、話をきいてくれた。その後若者は城に呼ばれ、殿様の用事をいいつかるようになった。一農民が殿様の用事を請け負うなどとは信じがたいことだった。若者は殿様に忠誠を誓い、殿様のためなら何でもすると決意した。若者が殿様に対して少し困っていることはただ一つ。自分の本当の名前で呼んではくれず、ふなずしの材料となるニゴロブナから、「ゴロ」という呼び名を付けられたことだった。

しばらく殿様は西国に行っておられたらしく、今日はひさしぶりのお目通りだった。

「いつもわしの言う通りに、遠いところまでふなずしを運んでくれて助かっておる。礼を言うぞ」

「へへー、もったいないことでございます」

殿様はいつものように、若者を御殿の小部屋へあげてくれた。何度通っても夢のようだった。若者は自分の着物で城内を汚さぬよう、気をつけて歩くのが常だった。

秀吉は自分が信長との間の取次役を担当している関東の北条氏、東北の安東氏への書状を若者に運ばせていた。保存食で日持ちがし、しかも匂いがきついため決して途中で開けられる心配のないふなずしは、密書を忍ばせるのに持ってこいであった。もちろん若者は密書が封じられていることなど知りもしない。秀吉が気に入ってくれたふなずしを、贈答品として運ぶ役目を担っていると信じ込んでいる。

「また用ができたら、その時は頼んだぞ」

「へえ。いつでもお言いつけくださいませ。どこへでも行ってまいります」

この日は久しぶりに殿様に会って少し興奮していた。気が付くと自分の方から殿様に問うていた。

「殿様は、何かお困りのことはございませんか?」

「うん? 困ったことか?」

「は、はい。恐れ多いことですが、おらにできることがあれば、殿様のためになんでもしたいと思うております」

若者は顔を真っ赤にして勢い込んで言った。

「ははは、そうか。それは嬉しいぞ」

秀吉は目を細めて若者を見ている。

「困ったことというか、おまえを羨ましいと思うことはあるぞ」

「ええっ、こんな百姓のおらを、殿様がうらやましいと思われるのですか⁉」

若者は驚きの余り、つい不作法にも殿様の顔を正面から見つめてしまった。慌てて目を伏せる若者に、気にした風もなく秀吉は話かける。

「そうだ。ゴロ、おまえは自由に息ができるだろう」

「息、ですか」

「そうだ。誰にも気がねなく、自由に息をしているだろう。ふだんの暮らしの中で、恐ろしく、偉い人にいつ殺されるかと、おびえて暮らしているわけではないだろう」

「はあ、それは戦がないかぎり、そんなに恐い人に会うことはありません」

「そうだろう。だがな、わしはそうではないぞ。わしの前には立ちふさがる者がいるのだ。その者がいる限り、わしは自由に息もできぬ」

若者は自分が辛いような様子で、「殿様はお辛いのですか」と尋ねた。

「うん、そうだなぁ」

秀吉は冗談とも本気ともつかない笑みでこたえた。

その日から若者は、いつか殿様を自由に息ができるようにしてあげたいと願うようになった。


秀吉が姫路へ帰らず都の周辺で日を過ごしているうちに、信長のもとへ大きな知らせが飛び込んできた。武田信玄の娘婿木曾義昌が、武田勝頼を裏切って織田方に寝返ったという知らせだった。これをきっかけに、信長は甲州武田攻めを決定した。

「いよいよか！」

「甲州へ！」

「武田攻めだ！」

長年の宿敵であった甲斐武田氏と決着をつける時が来たと、織田家中は沸き立った。


「グレゴリオ暦《れき》」

信長がつぶやいた言葉に、光秀は耳を止めた。

「上様、なんと仰せになりましたか？」

「グレゴリオ暦。南蛮の新しいこよみの名だ」

「ぐれごりおれき」

光秀は耳慣れぬ言葉を口にしてみた。信長はくるくると回して遊んでいた地球儀を止め、両腕を組む。

「南蛮人の国では古い暦をやめて、もうすぐグレゴリオ暦という新しい暦に変えるそうだ。古い暦よりも精度がすぐれているのだと伴天連《バテレン》たちが申しておった」

信長は窓に近寄り、太陽の方角を見て目を細めながら言う。

「南蛮の暦とは、月の満ち欠けで割り出すものと違い、日輪《にちりん》の動きをもとに決めるのだという」

「暦を変えるというのは、この日ノ本では天子様の大権《たいけん》の一つにございます。南蛮においても暦を変えるというのは、大変な行いかと思われまするが、うまく変えられるものでありましょうか？」

「恐らく地方によっては古い暦を使い続けるところもあるだろうと、伴天連たちはみておる」

「そうでございまするか」

「そちも知っておろう。主上（天皇のこと）が決めた宣明暦《せんめいれき》の他に、地方によって違う暦が使われておることを」

「農民たちが独自の暦を用いているというのは、よく聞く話にございまする」

「わしはそのようにいくつも暦があるのが気に入らぬ。最も正しい暦一つに統一したい」

上様は天皇の作暦権に関わろうというのか？　光秀は胸の中が冷えたように感じた。

「地方暦を作っている者たちを呼び、朝廷の陰陽頭《おんようのかみ》、天文博士等と討議させ、どちらが正しいか裁決する。そう朝廷に申し伝えよ」

「はっ」

言い出したらきかない信長のことだ。光秀は大事にならないよう祈るしかなかった。

これでこの話は終わりだというように、信長はパンと膝を叩いて言った。

「十兵衛」

「はっ」

「いま京には博多の商人島井宗室が来ておる。島井はあの楢柴肩衝《ならしばかたつき》を持っておる。わしはどうしても楢柴が欲しい」

前置きがなく話題を変えるのは、信長のいつもの話し方である。

「天下三大・大名物茶入のうち、〈初花肩衝撃はつはなかたつき〉〈新田肩衝にったかたつき〉の二つはすでに手に入れた。残る一つの〈楢柴肩衝〉を手に入れれば、三大大名物茶入がすべてわしの元に揃う。一月の茶会では島井と対面して楢柴をわしのものにするはずであったのに」

信長は眉をしかめて言った。

名物といわれるいくつもの茶道具を、信長は強引に手に入れてきた。奪われた者たちからは、「茶道具狩り」と呼ばれて恨まれている。こどものように悔しがる信長の様子を見て光秀がやんわりと提案する。

「それでは日を改めて島井殿を茶会に招きたいとの上様のご意向を、それとなく伝えておきましょう」

「うむ。島井は毛利と敵対する大友宗麟と親しくつき合っているという。わしが毛利をくだした後は九州平定に向かう心づもりであることは、十兵衛、そちもわかっておろう」

「はっ。九州出兵の折りには、島井殿に武器弾薬など調達させるおつもりであられますな」

「そうだ」

信長は満足そうにうなずく。

「そのためにも島井とは繋がりを作っておかなくてはならぬ。商人相手の面倒な駆け引きは十兵衛、そちに任せたぞ」

「承知いたしました。島井殿と付き合いのある堺の商人を通じて、交渉に当たらせましょう」

「うむ」

もう楢柴肩衝が手に入ったかのように、信長は、にっと笑った。

(日が落ちぬうちに急がなくては)

足を早めた秀吉は、京都の町の北部、船岡山という小高い丘陵のふもとに着いた。船岡山の周辺は、紫野《むらさきの》と呼ばれる古代からの葬送の地である。名高い禅寺の大徳寺があるが、応仁の乱以降はこの周辺も荒れていた。一軒の荒れ寺のくずれかけた山門をくぐり、中へと入る。山門の脇にはよく見ると、「宿」と書かれた小さな木札が張られている。

「ようこそ参られました」

「うむ。変わりはないか」

「はっ。特に変わったことはございませぬ」

食事を運んで来た僧が秀吉の前に膳を整える。日が落ちて訪れる者もない寺は静かだった。庭は荒れてはいるが、寺の内部は意外にも整っており、掃除も行き届いて居心地が良さそうである。

「ただいま他の者たちは、夜の行を勤めに出ております」

僧は食事の世話をしながら秀吉の相手をする。

「そうか。寒い中ご苦労だな」

ねぎらいの言葉に僧の目元がゆるむ。

「比叡山焼き討ちからはや十年が経つ。さすがに残党狩りはもうないとはいえ、用心は怠らぬようにな。地方から来た修行僧のための宿の体裁を整え、誰が出入りしても怪しまれぬようにしておくのだぞ」

「はい。殿様のご指示の通り、気をつけておりますゆえご安心くださいませ」

元亀二年（一五七一）、当時信長と対立していた浅井・朝倉連合に味方した比叡山延暦寺は反信長派の軍事拠点となっていた。怒り狂った信長は比叡山を焼き討ちした。山内の多くの建物とそこに住む人間たちが、焼かれて灰となった。羽柴軍も攻撃に加わっていたが、秀吉は逃げ延びた僧侶や関係者らを、信長にばれぬよう密かに匿った。

「この地は鞍馬山に続く街道に近い。比叡山のふもと、八瀬《やせ》の村にも近い。お主ら修行僧ならば夜間に徒党を組んで出歩いておっても夜行だと思われるだけで、怪しまれることはない。しかし用心するに越したことはない。くれぐれも疑いの目を向けられぬよう注意を払い、わしの目となり手足となって働いてくれ」

秀吉は匿った者たちの中から特に能力に優れた者を選び、細作として各地に放っていた。この寺は細作が集まる拠点として使われている。

「殿様、我らはみな京都を鎮護する聖域であった比叡山から焼け出され、残党狩りにおびえながら息を潜めて過ごしておりました。その我らを救ってくださった殿様の為であれば、いつでも命を投げ出す覚悟がございます。修行で鍛えたこの身体と技が殿様のお役に立つのであれば、本望にございます」

僧は胸の前で合掌した。

「ここは船岡山のふもと。船岡山は京都の北を守護する守り神、『玄武』に見立てられた聖地にございます。我らは比叡山へと続くこの聖地で修行を重ね、生涯をかけて殿様をお守りいたします」

信長の家臣である秀吉の手前、恨み言は口には出さないが、僧侶たちの脳裏には、炎に焼け焦がされる同胞の姿が刻まれている。あの地獄から救ってくれた秀吉のために働くことが、同胞に対する供養になると堅く信じていた。

武田家の重臣を織田方に寝返らせることに成功して始まった甲州攻めは、あっさりと織田方の勝利に終わった。度重なる政策の失敗と領民に課した重税により、武田勝頼はすでに家臣・領民双方からの信頼を失っていた。身内からも相次いで裏切られ、行き場を失い山中をさまよいながら追いつめられて、勝頼は自刃して果てた。名門甲斐源氏武田氏はここに滅んだ。

武田攻めで大将の信忠とともに高遠城を陥とす功績を挙げた滝川一益は、あらたな領地として信長から関東を与えられた。
「お前もそろそろ還暦を迎える頃であったな。年をとってから遠国へやるのは心苦しいのだが」
と断ったうえで一益を気遣い、これに乗って行くようにと、「海老鹿毛《えびかげ》」という名馬と短刀を与えて送り出した。滝川は都から遠く離れた厩橋城《まやばしじょう》（現・群馬県前橋市）に入ることとなる。

三月十五日
（さあ、いよいよだ。中国攻めに片を付けるのだ）
織田軍が武田氏を滅ぼした知らせがもたらされ、織田家臣も世の中も大きく沸いた。畿内でのんびりしていた秀吉も腰を上げ、この日やっと中国へと出陣する。羽柴軍はもともとの羽柴配下だった兵に加え、播磨・但馬・因幡三国の兵を動員した大軍にふくれあがっている。真っ赤な陣羽織を着込んだ秀吉は、馬上で大きく胸を反らせながら高く手を挙げ、出陣の合図を発した。

四月二日
信長と主立った武将たちは、甲州攻めの本陣諏訪を出て帰国の途についた。富士山を臨む家康の領地を通り安土へ向けて進んで行った。旅の途中は名所旧跡を巡り、各地の領主たちから盛大な接待を受けた。特に家康は莫大な費用を使ってもてなした。大満足の旅を終えて四月二十一日、信長一行は安土に帰還した。

「また干殺《ひごろ》しの羽柴と呼ばれるのぉ」

この年は記録的な大雨が続いた年だった。羽柴軍が攻めようとしている備中高松城は、豪雨により水没しそうになっている。それを利用して、官兵衛は鳥取城に続き高松城を兵糧攻めにしようと目論んだ。

「干殺しが得意だなんだと、言いたい者には言わせておけばよいのです」

兵糧攻めが残酷な攻め方であるとは承知しているが、高松城をその目で偵察してきた官兵衛は、これほど効率の良い作戦はないと秀吉に向かって強く勧める。

「もうすでに城の周辺の土地は水に沈み、城は水に浮いた浮き城のような状態になっております。舟がなければ出入りすることも叶わぬ有様。恐らく城中の者たちは、雨が止めば水が引くだろうと楽観しておるのでしょうが、水が引かぬように捌け口を塞いでしまえば、城は自然と籠城に追い込まれることとなるのです」

「わかったわかった」

秀吉は官兵衛の熱弁を止めるようにいった。

「人がわしをなんと言おうと勝てばいいのだな、勝てば」

官兵衛は、そうですと言わんばかりの顔で秀吉の決断を待っている。

「水の捌け口の場所はわかっておるのか？」

「おおよそのあたりは見当を付けております」

「そうか、ではすぐに取りかかってくれ。兵は要り用な数だけ連れていくとよい」

「はっ。それでは早速に取りかかります」

「身体を濡らさぬよう、気をつけていけよ」

官兵衛は深々と礼をして本陣を出て行った。

羽柴軍の水攻めにより高松城は完全に浮島となり、孤立した。城主の清水宗治は、毛利家にむけて密かに使者を出し、救援を求めた。

五月十五日

(ああ、これが名高い安土城か)

大手道に立った徳川家康は城の姿に圧倒されていた。低層階の白く塗られた壁と、黒い瓦の対比が美しい。中層階には朱色に塗られた八角堂が置かれている。さらにその上、城の最上部に乗せられた天主は黄金の光をまき散らしている。

(斯様な城を造るなどわしには思いもつかぬ。他のどこにも、京の都にさえもこれほどの城はない)

警備の兵が立ち並ぶ大手道を、家康は城に住む天下人に会うために上っていった。

「遠いところをよく参られた。お疲れであろう」

いつもの甲高い物言いではなく、柔らかな声音で信長は客人を迎えた。

「この度の武田討伐のご成功、まことにおめでとうございまする。また駿河国、遠江国の領土をくだされましたこと、あらためてお礼申し上げげまする」

家康が挨拶と感謝の言葉を述べる。隣には武田の重臣で、勝頼から寝返り織田方についた穴山《あなやま》信君《のぶきみ》が座している。二人とも以前からの領土をそのままに安堵された。その上家康は武田に奪われていた領土も取り戻したのである。

「堅苦しい挨拶はもうよろしい。ゆるりとくつろがれると良い」

日頃青みかがった肌色の信長だが、長年の宿敵だった武田氏が滅んだためか、この頃は血色が良く見える。客を迎える華やかな着物がよく映えていた。

「甲斐国からの帰りには三河殿の領地を通りたいそうな振る舞いを受けたこと、感謝する。その礼にお招きいたしたゆえ、存分に楽しんで頂きたい」

挨拶が終わると宴が始まった。一行のもてなし役は明智光秀が務めている。

「なんと豪華な膳であろうか。山国の甲斐では見たこともないような海の幸でございまする」

「いやいや。海のある駿河や遠江でもここまで見事な料理にはなかなかお目にかかれませんぞ。しかも初物ばかりで寿命が延びまする」

「まことに珍しいものばかり。いやぁ、素晴らしい」

献立には家康の好物の鯛がふんだんに使われ、山海の珍味が並び、みなを驚かせた。梅雨時ということで腐敗せぬように注意して工夫を凝らせた料理の数々に、みな大満足した。

この日から連日の宴や能の見物など、もてなしが続いた。

五月十七日
家康一行をもてなす宴が続くこの日、秀吉からの使者が安土へ到着した。

（一瞬でもいい、顔を見ることができたなら。それが叶わなくとも声を覚えておくのだ）

初めて信長に目通りする秀吉の家老杉原家次は、その一事だけに集中している。言われた通りのことを何も考えずにまっとうする。

杉原は道具として使うのに都合のいい性質の家臣であった。

部屋に通され、板の間の木目をじっと見つめながら待っていると、前触れもなく信長が現れた。

「書状は読んだ。筑前だけで毛利にあたるのは無理であったか」

立ったままで信長が言う。

家次が運んできた書状の内容は、高松城救援のため毛利の大軍数万が迫っているので、すぐさま助けに来て欲しいと懇願するものだった。昨年の鳥取城攻めと同じようなことを言う秀吉を信長はいぶかしんだが、こうして羽柴の親戚で家老を務める男を使者に立ててくるとはよほど困っているのだろうと、援軍を送ってやることにした。

（まず十兵衛を先陣として送り込む。毛利と和睦するか、そのまま攻め入り滅してやるか……。どちらにしろわしみずからが西国へ出陣し、毛利に引導を渡してやろう）

どうせ近いうちに四国へ侵攻して長宗我部を叩くつもりだったのだ。そのまま四国と中国の両方面へ、そして九州へと天下布武を押し進めるよい機会であると、信長は西国出陣を決定した。

信長は、杉原という男の顔を興味なさげにちらりと見た。

「お前は筑前の供をして堺に出入りしていたそうだな。筑前はお前を三河殿の案内役として使うようにと書いておる。そのようにいたせ」

用件だけ告げた信長は、さっさと部屋を出て行った。

（三河殿の接待の最中に呼び出されるとは、いったい何の話であろう）

家次が通された家臣との目通り用の部屋ではなく、光秀は信長の居間に続く一室に通されていた。内密の話をされる時、いつも通される小部屋である。待つほどもなくさらりと障子が開かれ、信長が姿を見せる。

「十兵衛、三河殿の接待はつつがなく務めておるようだな」

言いながら光秀のすぐ前に、どさりとあぐらをかいて座り込む。

「はっ。ご満足頂けるよう精一杯務めておりまする」

「うむ。しかしもうよい、今日でお前を接待役から外す」

光秀の顔がさっと青ざめる。

「この十兵衛、何か粗相を致しましたか」

信長は面白そうにもいじわるそうにも見える目つきになる。

「ふふ。お前は備中の筑前を助けに行ってやれ」

「筑前殿を……」

「そうだ。さきほど備中から早馬が来た。毛利の本隊が五万の大軍を押し立てて攻め寄せてきたそうだ」

「五万でありまするか」

どうやら自分の粗相ではないらしいとわかり、光秀は小さく息をついた。

「読んでみろ」

信長は光秀の前に書状をすべらせる。

「お前もおかしいと思うか」

眉間にしわを寄せながら書状を読んでいた光秀が答える。

「はい。九州の大友氏と島津氏がともに我が方の配下となって以来、毛利は九州方面への備えを厚くしております。西の大友・島津、東の宇喜多氏との間に挟まれて、毛利の兵力は東西二方面に分散しております。残った毛利本隊のうちから五万の兵力を割いて、高松城へ来襲することがはたしてできましょうか」

「うむ」

信長は腕組みをして光秀の方に身体を傾ける。

「わしもはじめは、またはげねずみが大げさに言ってきたのだと思った。しかし早馬で書状を届けて来たのはただの使者ではない。やつは家老を寄越しおったのだ」

「ご家老？」

「ああ。筑前の親戚筋で、堺の商人とも付き合いがある男らしい。わざわざ家老職である身内を寄越すとは、何かある。五万というのは大げさだとしても、筑前が危ういことになっておるのはまことかもしれぬ。どうしてもわしに助けに来て欲しいと泣きついてきおったわ」

「筑前殿は今どのような状況にございまするか」

「フン」と信長は鼻を鳴らした。

「やつめ、高松城を水攻めにしておるのだ」

「水攻めにございまするか」

「水の恐ろしさは暴れ川を抱える岐阜に暮らした者であれば知っておるはずであるのに、やっかいなことに手を出しおった」

ぴしっ、と扇子で膝を一つ叩いた信長は、「詳しいことはわからんが、十兵衛、お前はわしの先陣として出発し、筑前に手を貸してやれ。状況は逐一知らせよ」と命じた。

信長の物言いや命令は、いつも簡潔過ぎる。家臣はわずかな情報だけで命令を正しく理解し、最適な対応をすることを求められる。

「では上様は三河殿が領国へお帰りになるより前に、備中へご出発なさいまするか」

「うむ。この際わしみずから西国へ出陣し、武田のように毛利も滅してやるつもりだ。そうしてその先は九州の平定に向かう」

「いよいよでござりまするな」

信長は、にっ、と白い歯を見せる。

信長が日本を統一する日が現実に迫ってきた今、光秀には気がかりなことが一つあった。口を開こうかどうか迷っていると、信長が「十兵衛」と、名を呼ぶ。

「博多の島井宗室が京に来ておるのだ」

「おお、そうでございました。そろそろ来る頃でございました」

日ノ本を統べる話をしながら同時に手に入れる玩具の話をする信長に、光秀は小さく苦笑する。

「上様、いよいよ楢柴肩衝をお手になさるのでございまするな」

「そうだ。十兵衛、備中へ出立する前に、島井宗室を招く茶会の用意をしておいてくれ」

「かしこまりました。島井殿と親しい堺の千宗易殿に申し付けましょう。上様、ひとつよろしゅうございまするか」

信長が機嫌の良い今言うのが良いのか、それとも機嫌をそこねてしまうのか。光秀は迷った末に覚悟を決めた。

「上様が安土から西国へ向けてご出陣なさるとすると、四国はどうなされまするか」

「長宗我部か。あれはすでに切った。四国は信孝に与える」

信長は感情の見えない目で言った。光秀は信長の怒りを覚悟でさらに問う。

「長宗我部には幾度も説得にあたっておりまするが、みずから切り取った四国を手放すことは出来ないとの一点張りにございまする。……従わぬ長宗我部はやはり滅しておしまいになりまするか」

「くどい！　従わぬもの消すまで」

やはり、と光秀は肩を落とした。

「長宗我部はお前の親戚だというが、遠縁であろう。そのような者のことを気にするのであれば、わしに仕えることはできぬぞ」

信長はおだやかな声で光秀を諭すように言う。その声音を聞き、光秀は長宗我部のことは諦めようと決めた。

（確かに長宗我部は親戚といってもしょせん遠縁に過ぎぬ。私が上様に逆らってまで守る筋合いではないし、そこまでする気もない。長宗我部にはこれまで何度も織田の配下となるよう説得してきたが、それをことごとくはねつけてきたのは、最後は織田と全面衝突する覚悟を持ってのことだったのであろう。ならば私は織田家臣として、長宗我部相手に戦うまでだ）

光秀はきっぱりと顔をあげた。

この直後、信長の三男信孝が長宗我部討伐軍の大将に任命される。

「明智光秀、細川忠興、池田恒興、塩河吉大夫、中川清秀、高山友照、以上の者たちに備中出陣を命ずる」

城内に集められた家臣たちを前に、森乱丸が出陣の触れを読み上げる。

「ただちに領地へ戻り出陣の支度を整えたうえ、追って知らせる出発の日に備えよ」

「父上殿」

乱丸が退出すると、細川忠興は妻の父である光秀に近寄り話しかけた。

「出陣を命じられたのは、父上殿とその配下ばかりでございますな」

「うむ。毛利を倒してその先の九州に進む時、上様は我らを先陣となさるおつもりなのであろう」

「長旅になりそうにございますか」

「そうだな。今までにない長い旅になるかもしれぬ。珠子にしっかりと家を守るよう言いきかせておきなさい」

「はい。そういたします」

忠興は肩をいからせてそう答えた。


「よいか久太郎（堀秀政の通称）、筑前が備中で何をしておるか、よく探ってくるのだ。あいつは何事も大げさに言うところがあるからな。毛利が本当に五万もの大軍を送ってきたのか、水攻めはどのようになっておるのか、それらを調べてわしに知らせよ」

備中へ正式に出陣を命じた家臣たちとは別に、堀秀政は信長から直接命令を授けられた。

「かしこまりました。わたくしは備中で上様のお越しをお待ち申し上げればよろしゅうございますか」

「わしが行く前に日向守が先陣として出る。むこうで日向とともに待て」

「承知いたしました」

「その大きな目でしっかと筑前の様子を見てこいよ」

信長は小姓として自分に仕えていた頃の秀政を思い出したのか、秀政の目をじっとのぞき込み、ははは、と大きく笑った。

この日秀政は備中へと出立していった。秀政は備中で信長の死を知ることとなり、その後秀吉の配下として行動を共にする。

微かな足音がする。暗闇のむこうから人の近づく気配がある。相手もこちらの気配を感知しているだろう。お互いの足音は近づき、やがて回廊の中央あたりで止まった。

「さすがは小早川殿。お一人で参られたか」

「羽柴殿もやはりお一人で」

二人はそれぞれかぶっている頭巾の奥の目を一瞬のぞき合った。

「おひさしゅうござる」

「お元気そうでなにより」

高松城からほど近い吉備津神社。本殿の横から延びる全長四百メートルに及ぶ回廊の真ん中が、敵対する二人の落ち合う密会の場所となった。真夜中のこと、周囲に灯りはないが、夜戦で鍛えたこの時代の侍は夜目が効く。二人はどちらからともなく、危なげない足取りで本殿の方向に向かって歩き始める。

「最後にお会いしたのはいつのことでしたか」

「そう、いつでありましたか……」

隆景は闇に沈む空のむこうを見つめる。

「父元就の時代には、織田家とはずいぶん親しくさせて頂いておりました。父が亡くなり、その後信長殿によって京都を逐われた足利義昭様が我らの領土に来られたことで、心ならずも我らは織田家と敵対する事態となってしまった。それ以来羽柴殿とお会いすることもなく、もう何年経ちましたか」

二人は逢瀬を味わうようにゆるゆると歩を進めている。

「拙者が毛利家の取次役を命じられ、初めて小早川殿と安国寺恵瓊殿にお会いして以来、お二人とは気が合うて、お会いするのが楽しみでありましたのに」

「あれから羽柴殿はあれよあれよと出世を遂げられて、その評判は西国にまで届いております る」

「なに、拙者など必死に働かねばいつ首をちょんぎられるかわからぬ身でござる。小早川殿のようにご兄弟で主君を盛り立てておられる御曹司からすれば、地べたをはいずり回っておるようなものですわい」

秀吉は、首もとをさすりながら言った。

「恵瓊殿を通してお伝えしたこと、いかがでござるか」

「毛利が備中・備後・美作・伯耆・出雲の五カ国を明け渡す。かつ、高松城主清水宗治の首を指し出すという和睦の条件にござりますするか」

「こうしてあなたがわざわざ出向いてくださったということは、良いご返事が頂戴できると思うておりまするが」

隆景は見えない星を探すように空を見上げて言う。

「義昭様を再び京の都に返り咲かせることができたならば、毛利家は足利幕府再興という大功績を挙げることとなる。義昭様を担ごうとする者は毛利の他にもいる。その者たちと力を合わせれば、織田軍と渡り合えると考える者もおるのでござる」

「吉川元春殿……ですかな」

隆景は秀吉の質問には答えず、独り言のようにつぶやく。

「本願寺が降伏した今となってはいくら将軍のご威光があろうとも、風は織田方に吹いている」

二人は足を止め、共に上空を見つめる。上を向いたまま秀吉が静かに言う。

「こちらの条件を呑んでくださるのであれば、決して悪いようには致しませぬ」

「瀬戸内の島々も水軍も、みな羽柴軍にひとのみにされそうな今の情勢を、兄も知っておりまする。説得すればわかってくれましょう。信長殿につぶされるか、羽柴殿のお力を借りて生き延びるのか。どちらが良き道なのかわからぬ兄ではありますまい」

秀吉は隆景に近づき、その手を取った。

「隆景殿、十年に渡るこの付き合いを、決して無駄には致しませぬ」

「羽柴殿」

暗闇で隆景の目が光る。

「東北は東北で。関東は関東、九州は九州で。どの大名もみな自分の国と領土を、命がけで守ることに汲々としている。土地と共に生き、土地と共に死ぬ。それが当たり前であるのに、織田殿お一人が日ノ本すべてを平らげようとなさっている。それが叶ったあかつきには、織田殿はどうなさるおつもりなのであろう」

秀吉が闇の向こうを見つめて言った。

「さぁて、海の向こうへでも行かれるのでありましょうか」

「海の向こう……。まさか、明《みん》へ!?」

「もしくは南蛮かもしれませぬぞ」
隆景は恵瓊の言った、「いつか信長は高ころびに転ぶだろう」という予言めいた言葉を思い出していた。

水攻めにされている高松城に毛利からの援軍到着の伝令が届いたのは、五月二十一日のことだった。しかしその後、毛利の軍勢が高松城救援にむけて動くことはなかった。毛利家当主の毛利輝元、当主を補佐する吉川元春と小早川隆景の三名が、それぞれ軍勢を率いて現れることは現れた。だがなぜか軍勢は高松城を遠巻きに囲んだ後は軍を止め、そこから一歩も動こうとはしなかった。不思議なことに、対する羽柴軍も動きを止めている。両軍は高松城を挟み、ただじっとにらみ合いを続けるだけで、十日余りも日が過ぎていった。
梅雨はまだ明けない。

五月二十一日　京都
杉原は荒寺の門をくぐり、中へと足を踏み入れた。まっすぐに座敷へと入る。
「杉原様、ようこそお越しなされました」

出迎えの挨拶をする僧侶に対し、杉原は無表情に用件を切り出した。

「殿にこちらの様子を見てくるよう言いつかった。何か困ったことが起きてはおらぬか」

「お陰様で毎日無事に過ごしております。本日は安土から徳川様御一行が京都入りなさったとかで、行列を見ようとたいそうな人出だったとか。町へ出かけた者が申しておりました」

僧侶が出した茶を、杉原はさっさと飲み干した。

「そうか。わしも警護の行列の端に加わっておった。宿はこの近くの寺を割り当てられたが、すぐに戻らねばならぬ」

杉原は秀吉からの指示を手短に伝えた。用件以外、話しかけても気のない返事しか返ってこない杉原に接し、僧侶はそれ以上話しかけることをやめた。

「羽柴様から、杉原様のお好きなふなずしを用意しておくようたまわっております。すぐにお持ちいたしましょう」

帰ろうと立ち上がった杉原の前に、ふなずしが運ばれてきた。

「長浜からのものだな。次に来るまで預かっておいてくれ」

「かしこまりました」

杉原は来た時と同じく、人目を避けるように荒寺から出て行った。

五月二十九日
「それでは信忠殿、お達者で。いずれまたお会いいたしましょう」

京都遊覧を終えた家康一行は、宿泊していた寺院の門前で信忠と別れの挨拶を交わす。

「三河殿、穴山殿。私がお供できなくなり、まことに申し訳ございませぬ。堺では商人たちが茶会を開いてお二方をおもてなししようと準備しておるようです。ごゆるりとお楽しみになられますよう」

「それは楽しみにございまする。では信忠殿、私達のことはご心配なさらず、お気をつけて上様をお出迎えなされませ」

家康はそう挨拶すると、よいしょ、とはずみをつけて馬にまたがった。前後を徳川家の家臣たちに守られ、さらに織田家の家臣たちに護衛されながら、名残惜しそうに出立した。「お気をつけて」、と言った信忠の姿が、同じ年頃で亡くなった自分の長男信康に、なぜだか重なって見えた。

家康一行の案内役として、信長は小姓の時代から可愛がっている長谷川秀一を、信忠は杉原家次をそれぞれ寄越している。

「長谷川殿」

隣に寄ってきた杉原が低い声を掛けてきた。

「いかがなされた」

「実は信忠様から言いつかっていた用事をまだ残してきております。片づき次第すぐに後から追いかけますので、いったん離れてもよろしゅうございまするか」

「ああ、かまいませぬ。こちらはあちこち見物しながらゆるりと進んで行きますゆえ、堺の宿で落ち合いましょう」

「それでは」、というと、杉原はあっという間に行列から離れていってしまった。

(羽柴殿のご身内ということだが、どこか気味の悪い男だ)

長谷川は首を軽く左右に振り、それっきり杉原のことは忘れてしまった。

この日長宗我部討伐軍を率いる信孝が、四国へ渡るため大坂・住吉に着陣した。

「殿。岸和田城から使いが参っております」

「通せ」

陣幕内に通された使いの者は、岸和田城主蜂屋頼隆からの書状を運んできた。

「蜂屋がわしのために茶会を開きたいと申しておる」

書状を読み終えた信孝は側近に言った。肘を張り、必要以上に尊大な様子である。

「四国出陣の前祝いだそうだ。丹羽長秀殿も、堺から千宗易殿を連れてやって来るらしい」

「堺といえば信忠様が向かわれるはずでしたが、それが取りやめとなっておりましたな。堺衆は商売熱心ですから、折りにつけ織田家をもてなしておきたいと考えておるのでしょう。このたびの四国渡海で大大名にお成りになった殿に挨拶をする良い機会だと考えて、丹羽殿に頼み込んだのかもしれませぬ」

「ははは、そうか」

大大名とおだてられた信孝は、胸を反らせて大声で笑う。

「ではひとつ顔を出してやるとするか。我が軍の出陣準備は進んでおるな？」

「滞りなく進んでおりまする」

「よし。では兵たちはここで待機するように。わしは側仕えの者だけを連れて、明日岸和田城へ参る」

(長年の間、信雄の弟として差をつけられていたわしが不憫だということに、やっと父上は気づいてくれた。これからはわしはただの織田の三男坊ではなく、四国を統治する南海の総管なのだ)

四国攻めの大将に任ぜられ、急に大軍を率いる身となった信孝は上機嫌だった。安土で信長に出陣の挨拶をした際には、信長と家臣たちから出陣祝いとして大勢の兵隊と物資、それに豊富な軍資金を与えられた。「信孝殿は一晩で大大名となった」と噂され、本人もすっかり舞い上がっている。

そうして大軍を率いる身でありながら、うかつにも持ち場を離れてしまうという愚を犯す。信孝配下の一万を超える兵団は、大将不在のまま住吉に取り残されることとなった。

この日信長の跡取りである信忠は京都にいる。次男信雄は領地の伊勢・松ヶ島城（現・三重県松阪市）、三男信孝は大坂住吉に陣を布き、それぞれ出陣の日を今や遅しと待っている。

そして同日、天正十年五月二十九日、信長が安土を発って京都へ入った。その生涯で最後となる上洛であった。

ザーザーと落ちてくる豪雨を切り裂くように、黒いかたまりが飛んできた。

「出迎え無用、お帰りあれ！」

黒いかたまりと見えたのは森乱丸の乗る馬であった。

「みなさま、お帰りあれ！」

帰れと言われたのは、信長の上洛を出迎えようと豪雨のなか集まっている公家衆である。彼らは近江と京都の間に位置する山科から粟田口にかけて、大勢で信長を待ち受けていた。

「信長公は？」

「本日おいでになるとお出迎えに参りましたのに……」

雨の音で公家衆の声はかき消され気味である。

「みなさま、ご苦労様にございました。急ぎお帰りあれ！」

乱丸の乗った馬は公家衆を追い散らすように一回りすると、現れた時と同じく弾丸のように飛び去っていった。

「なんとまあ、くたびれ損をしたこと」

「若造が偉そうに」

「せっかく雨の中出かけてきたのに、無駄足になってしまった」

公家衆の愚痴は止む気配のない豪雨にかき消された。午後二時頃から集まっていた彼らは午後四時頃追い返されて、ぞろぞろと洛中へ帰っていった。公家衆が立ち去ってしばらく後、馬上で深く笠をかぶった一団が、飛ぶように京の街へと入っていった。

「追い返された公家たちの顔を見たかったたな」

信長は声を立てて笑った。

この日信長は本能寺ではなく、信忠が泊まっている妙覚寺に荷を解いた。

「まあやつらが待っていたとしても、会えたのは影武者だったがな」

信長は人の悪い笑みを浮かべる。

(筑前が掴んできた、わしの命を狙うやからが襲来するという話、今日来るか明日来るか。十兵衛の軍が取り押さえる手はずになっておるが、十兵衛は手配を済ませておるのだろうか)

武田の残党が信長の暗殺計画を立てているという情報を掴んできたのは、秀吉だった。宿敵武田氏を滅ぼして勢いに乗る信長は、逆に残党狩りをしてやろうと、計略を立てた。本能寺に泊まると見せかけて、襲撃を受けぬように実際には妙覚寺に泊まることにした。本能寺へは影武者を入れた。影武者が襲われてその命が亡くなっても、仕方のないことだと割り切っている。

(十兵衛からの知らせはまだ届かぬ。昨晩から連絡が途切れておる。このひどい雨のせいか……。わしが出した十兵衛への知らせはむこうへ届いているのだろうか)

光秀は暗殺者を捕らえるための人員を、密かに京都へ入れているはずである。信長は扇子を閉じたり開いたりを繰り返す。

「お乱、明智軍と筒井順慶軍に、京都へ集結せよとの命令は届けたか」

「はっ。日向殿と筒井殿が上様の先陣となって、六月二日、集結した京都から西国へ出陣せよとのご命令を、確かに伝えております る」

乱丸は信長が出した命令を正確に述べた。

「であるか。日向たちが京へ入る前に、島井宗室から楢柴肩衝を受け取る手配を済ませておきたい。日向からの知らせがあればすぐに届けよ」

光秀からの連絡と、楢柴肩衝。どちらをも待ちきれない様子で、せっかちな信長はじりじりと時を過ごした。

六月一日

「結構なお手前にございました」

長谷川宗仁が茶頭《さどう》（茶事をつかさどる人）となって開かれた信長主催の本能寺朝茶会は、お開きになろうとしていた。

「蒸し暑い中をわざわざ九州から大儀であったな。京都の暑さはひどいものであろう」

「はぁ。ですが素晴らしき味の茶をいただき、暑さを忘れてさっぱりいたしました。ほんのお礼ではございますが、私が持参いたしました茶道具をお目にかけとうございます」

「では部屋を移すとしよう」

いよいよ念願叶って「楢柴肩衝」を目にすることができると上機嫌の信長は、みずから立っていそいそと二人の客人、島井宗室と神谷宗湛《かみやそうたん》（博多商人、茶人）を案内する。

「こちらへ参られよ」

ふすまを開けた先の部屋には、四十点近くに及ぶ茶道具の名品がところせましと並べられていた。

「おお！」

「これは素晴らしい！」

「どれもこれも目映いばかりの名物ばかり。これでは私のとっておきの一品も霞んでしまいます」

「ははは、そのようなことはない。天下の楢柴肩衝ではないか」

二人の客人は、ゆっくりと道具を見て回ることを許された。

「九州への良い土産話が出来ましたな、島井様」

「はい、神谷様。茶を愛する者としてこれほど幸福なことはございません」

道具の一つ一つをじっくりと見終えた二人は信長の前に座り、礼を述べた。

「では殿様、お礼に楢柴肩衝をご覧くださいませ」

島井宗室は、袱紗に包まれた一品を取り出した。

「上様……上様」

何度目かの乱丸の呼びかけに、信長はようやく目を開いた。「楢柴肩衝」の実物を目にすることが叶い、しかもそれを譲り受ける話がまとまった喜びに信長は浸っていた。珍しくぼうっとしていたらしい。

「上様。公家衆と堺衆が大挙して参っております。上様ご上洛のお祝いをしたいと献上品を携えてきておりますが、いかがいたしましょう」

「わかった。適当に茶菓子でも出してもてなしてやれ。献上品はいらぬ、受け取らなくてよいぞ」と機嫌良く客を迎え入れることにした。

ぞろぞろと衣擦れの音をさせて、公家衆が部屋へと入ってくる。天皇にまみえることのできる上級の公家たちのほとんどがやってきている。その数、約四十人にのぼる。その後ろから堺の豪商たちも入ってきた。

「よく参られた」

「このたびの上様のご上洛、おめでとう存知まする」

「上様に置かれましてはご機嫌麗しゅうございまする」

長々とした挨拶が続くのを、信長はさえぎる。

「挨拶はよい。みな楽にして茶菓子など楽しまれるがよろしい」

はじめは堅苦しくしていた客たちだったが、いつになく機嫌の良い信長と、いつしか話がはずんでいた。

この日の午後三時半頃、日蝕が起こる。朝からの送り梅雨で、太陽が欠けていくのを見ることはなかったが、日蝕のことを思い出した信長が、公家衆に苦情を述べている。

「朝廷の作る宣明暦は、きょう日蝕が起こることを予測できなかったというではないか。三島暦と宣明暦、どちらがよりすぐれておるのか、再度検討なされるがよい」

信長は公家衆に言い渡し、夕方になって公家たちは本能寺から引き上げていった。

夕刻、かわりにあらたな客が本能寺を訪れた。

「これはこれは本因坊（日海上人）殿」

信長は囲碁の名手の僧侶を立ち上がって出迎える。

「織田様、お久しゅうございます。お元気そうで何よりにございます」

「うむ。対局相手の利玄（本能寺の僧侶）殿がお待ちですぞ。こちらで支度をされるとよい」

暦の議論に多少疲れた信長だが、この日の予定通り、囲碁の対局を見物することにした。残っていた堺衆も一緒に見物することを許される。

「父上、日海上人が対局にいらしているのですか？」

妙覚寺から信忠もやって来た。

早朝から次々と客があり、信長は忙しく相手をしている。楢柴肩衝が手に入ることが確実となり、よほど機嫌が良かったのだろう。

信長の横に信忠の席が用意され、対局が始まった。当代一の名人同士の対局は数時間かかり、途中休憩を挟むなどしてあっという間に夜を迎えた。夜になっても多くの客が残っている。長谷川宗仁、神谷宗湛、島井宗室の三人は、客としてこの日本能寺に宿泊する。寺中に煌々と灯りが灯された。

「なんと！　これは三劫《さんこう》ですぞ！」

「おお！　初めて見ましたぞ！」

三劫とは囲碁の勝負で起こる盤面の一つで、非常に珍しい形とされる。

「さすが、名人同士の対局。いやー、おもしろいものを見せていただきました」

客たちは大いに楽しみ、信長も興が乗ったのか、真剣に盤面を見続けている。

夜も更けた頃、信忠が腰を上げた。

「それでは父上、わたくしは妙覚寺へ戻ります」

帰ろうとする息子に父は、「信忠」と声をかける。信長は信忠を連れて別室へと移動する。信長は低い声で伝える。

「そちはいったん妙覚寺に戻り、その後妙覚寺には泊まらず、すぐに隣の二条御所へ移るがよい」

「二条御所へでありまするか？」

「うむ。わけは訊くな」

「しかし二条御所は誠仁親王のお住まいでありまする。こんな夜更けに訪れるのは、はばかられまするが……」

「案ずるな。すでに親王殿下へは使いをやって、そちが行くことを伝えてある」

「わかりました」

信忠は何かを感じたのか、わりあいすぐに父の言うことをきいた。

「よいか。妙覚寺では長居せず、すぐに二条御所へ移るのだぞ」

言い含めるように、信長は繰り返し注意した。

「承知いたしました。では父上、おやすみなさいませ」

「うむ」

信忠は辞去の挨拶をして本能寺の山門の外へ出た。雨はようやくあがっていたが、ふり仰いだ日蝕後の空には、星一つまたたいてはいなかった。


信忠が帰った直後、ようやく対局も終わりを迎えた。

「ではこれでおいとま致しましょう」

「みなさま、揃って帰ることにいたしましょう」

最後まで残っていた客たちも帰っていった。

早朝の茶会から大勢の客の相手をし続けた信長は、さすがに疲れていた。対局が終わったとたんひどい眠気に襲われた。結局この日妙覚寺へは移らずに、このまま本能寺に泊まることにした。

井戸水に浸した手ぬぐいで小姓に身体を拭わせたあと、夜着に着替えた。小姓が退出し、一人になった信長は、ふと大事なことを思い出す。

(十兵衛と繋ぎは取れぬままだがあいつのことだ、今頃きっと近くに手勢を潜ませて、こちらを警護しているだろう。下手に遣いを寄越すと、暗殺者に気取られると用心したのかもしれぬ。十兵衛のすることにぬかりはない)

本能寺は信長専用の宿泊所となっており、もともと寺にいた僧侶たちのほとんどは他所へ移されて、内部は織田家臣だけで固めてある。くせ者が簡単に入り込める場所ではない。その本能寺にいるという安心感の為か、信長は取り返しのつかない油断をしてしまった。客が去り、信忠も去った本能寺で、信長を守るのはわずかな共廻りだけだった。この日、光秀からの連絡はなかった。


「杉原様、お待ちしておりました」

夜更けて暗闇に沈む荒寺の山門をくぐり、杉原家次が現れる。

「預けておいたふなずしを受け取りにきた」

杉原が無愛想に言うと、僧侶はすぐさま用意のものを持ってきた。

「こちらにございます。どうぞお確かめを」

「ところで頼みがある」

「はい。どのような御用件でございましょう？」

ぶしつけに切り出す杉原に、僧侶はうろたえることもなくこたえる。

「拙者が今から出かける先で、争い事が起こるもしれぬ。手を貸してくれるか」

僧侶はすぐに心得た顔でうなずいた。

「殿様のお為でございますか。それならば喜んでお手伝いいたしましょう。我らは日頃から、いざという時に殿様のお役に立つ為に修行に励んでおるのですから」

杉原はまったく表情を変えずにうなずいて言う。

「なに、難しいことではない。争いになってもしも死人が出たならば、哀れであるから埋葬してやって欲しいのだ」

「お引き受けいたしましょう。死者をあの世へ送るのは僧侶の仕事にございます。お任せくださりませ」

僧侶に指示を与えた杉原は、ふなずしを受け取り、荒寺から出て行った。


ザザザッ、と音を立て、数人の男たちが本能寺の門前に駆け込んでくる。

「何事か！」

門番が手に持った槍を男たちの眼前に突き出す。

「二条御所より使いで参った。上様に急ぎお目通り願いたい！」

真夜中、突然の事に困惑する門番を圧倒するように、使いと名乗る男は語気を荒くした。

「上様のお命にかかわることだ、早く伝えろ！」

男の剣幕に押され、門番は寺の中へと走った。

「この時間に使い？」

寝入りばなを起こされた信長は、開かぬ目をしかめるようにして乱丸の方を見る。

「はっ。二条御所から参ったと、使者は申しておるようです」

二条御所と聞き、信長はバッと立ち上がった。信忠は表向き妙覚寺に泊まっている。実際には二条御所に泊まるよう指示したのは信長で、その事を知る者は信長と、前もって打ち合わせてあった光秀だけである。待っていた光秀からの連絡がようやく届いたのだと、信長は白絹の夜着のまま部屋を出た。まだ夜明けにはだいぶ時間がある。縁側から寝室を出て、松明も消えた暗い庭に信長は立った。

「使いというのはお前か」

「はっ。羽柴筑前守の家臣、杉原にございまする」

「杉原？　うむ、聞いたことのある名だ」

「先月、安土で一度お目通りいただきました」

暗闇に馴れてきた眼で、信長は相手の顔を見る。その男の顔には見覚えがあった。一度会った、というより眼の端に入れただけだったが、確かに家臣だと確認した。

「二条御所で何かあったか」

「上様のお命を狙う者が、この本能寺に潜んでおりまする。急ぎここを出て二条御所に移られるようにと、信忠様が申しておられまする。上様をお護りする兵は表に待たせておりますゆえ、どうぞこのまま二条御所へお移りくださいませ」

男は押さえた声の早口でそう言った。信長はちょっと迷ったが、相手が顔見知りの男であることで気を緩めた。

「よし。では表の様子を見にいこう。兵は信忠配下の者たちか」

「明智光秀殿から差し向けられた兵にございます」

「おお！　光秀とやっと繋ぎがとれたか」

信長が光秀からの連絡を待っているのを知る者は、光秀以外にはいない。この瞬間、信長は男の話を信じてしまった。

本能寺は敷地面積約千坪に及ぶ広大な寺院である。信長の宿泊用に改造され、周囲は濠と土塀で固められ、ただの寺院ではなく小ぶりな城といえるほどに護りの堅い建物となっている。その護りの堅さが仇《あだ》となった。信長は、濠と土塀を突破して入り込む敵がいるとは考えていなかった。外には門番が見張っているが、中に一歩足を踏み入れると敷地内部にはほとんど人がいなかった。

信長の先に立つ男は、首尾良く仕事を終えることだけを考えている。ずんずんと進み、境内の隅の暗がりに移動しようとする。信長はいぶかしく思い、足を止めた。

「待て、どこへゆく？　門はむこうだぞ」

信長がとがめると、ドン！と何かがぶつかってきた。その瞬間、冷たく鋭い痛みが胸に走り抜けた。

（なんだ？）

頭の上から、ハァハァと獣の息遣いのような音が聞こえる。

（犬がいるのか？　なぜこんなすぐ側に犬がいるのだ）

信長は犬を追い払おうとするが、なぜか身体に力が入らない。

「やった！　やったやった！　殿様を困らせる悪いヤツを倒したぞ！」

「よし、早く首を切れ」

「く、首を切る!?　そ、そんなことやったことがねぇ！」

「ちっ、これだから百姓は。できないなら邪魔だ、そこをどけ！」

「い、嫌だ！　オラは殿様のお役に立てると思って……、わ、悪いヤツがいなくなればいいと思って刺したんだ。オ、オラがこの悪者の首を切って、殿様のお役に立つんだ！」

「だったら早くしろ！　刀を思いきり振り下ろせ！」

なぜ自分のすぐ側で耳障りな小競り合いの声が聞こえるのか。信長はただ不快だった。

（ええい、黙れ！　誰がわしの側で騒いでおる！　お乱、お乱はどこにおる！　うるさいやからを黙らせるのだ！）

「殿様のために」ただそれだけを考えて刃を握り、突進した百姓だった。目をつむって飛び込んだあと、ずぶりと嫌な感覚が腕に伝わり思わず目を開けた。「首を切れ」と言われ、走って逃げ出したくなった。だが「百姓が」とののしられ、逃げたい気持ちを押さえ込んだ。殿様は百姓である自分を可愛がってくれたのだから。〝殿様のために〟もう一度刃を握りなおす。手の平に大量の汗が湧き出し、持ち手が滑る。腰の手ぬぐいを引き抜いて持ち手をつかむ。がたがたと身体が震えるのを歯をくいしばってこらえ、満身の力を込め、両手で握った刃を振り下ろした。

信長はひどく眠かった。うるさい声も遠のいた。乱丸がいつまでたっても来ないのが気になるが、それもどうでもよくなってきた。来ないといえば光秀はとうとう来なかった。夜が明けたら来るだろうか。それまで一眠りしよう。信長は一つ小さく息をついた。首を切られたのはそのすぐ後だった。

長浜の百姓ゴロは、大きく肩を揺らしながら信長の髪の根元をわしづかみ、仁王立ちになった。ゴロの口は絶叫の形に開かれていたが、喉の奥から漏れ出てきたのはひゅーひゅーと、奇妙な笛の音のような息だけだった。切り落とされた信長の首は百姓の節くれだった手につかまれて、夜闇に白く浮かびあがっていた。

「南無妙法蓮華経……　南無妙法蓮華経……」

深夜の町に題目を唱和する声が流れる。夜間修行の僧侶の列は大きな寺院に差しかかった。長く続く高い塀に沿って進み、やがて山門に至る。僧侶の列は足早に門をくぐる。

しばらく後、僧侶たちの列が門から出て来た。入った時には持っていなかった大きめの桶を一つ、担いでいる。列は寺院を後にして、北へ向かい消えてゆく。

「南無妙法蓮華経……　南無妙法蓮華経……」

いまだ夜明け前の京都の町に、題目の声が尾を引いて流れていった。

「上様、上様！　どちらにおいでになられまするか!?」

題目の声に引かれたのか、本能寺の内部から信長の家臣たちが一人二人と姿を見せる。

「上様はどちらに行かれた？」

「まさかお一人で外へ出られたのか？」

家臣たちは血相を変えて信長の姿を探しはじめる。突然暗闇から何かが飛び出してきたかと思うと、家臣の一人が倒れた。

「どうした⁉」

「くせ者か⁉」

「アアーッ！」

すぐそばにいた者が叫びをあげて倒れる。

「どうした⁉」……といった者も倒れる。

信長の後を追ってきた家臣たちが次々と倒されていく。

本能寺に忍び入り信長を暗殺した者たちは焦っていた。

「ちきしょう、信長一人をおびき出して始末する段取りが狂ってしまった。仕方がない、これ以上人が来ないうちに脱するぞ。気が付いて追ってきたやつらはみな、殺してしまえ！」

暗闇から飛び出した男たちは、丸腰でやって来た信長の小姓たちを次々と殺しにかかった。

「よし、いまのうちに引き上げて、次は二条御所へむかうぞ」

暗殺者たちは目的を果たし、姿を消した。

その頃になってようやく信長の寝所から離れた建物にも、異変が伝わりはじめた。

「上様のお姿がない」

「どこにおられる⁉」

「くせ者が入り込んだのか⁉」

あちこちの部屋を家臣たちが走り回る。境内に飛び出した家臣が見つけたのは、いくつもの死体だった。

「アアー！　小姓たちが殺されているぞ！　くせ者のしわざだ！」

本能寺に騒ぎが広がり始める。

「上様はどちらにいかれた！　まだお姿が見つからないのか⁉」

「何かおかしいぞ！　妙覚寺の信忠様にお知らせしろ！」

「京都所司代の村井様にもお知らせするのだ！」

家臣たちが走り回るなか、この日本能寺に泊まっていた客人たちも異変に気が付きはじめる。

「島井様、ご無事にございますか⁉」

「神谷様、これは何事でございましょう」

信長に招かれていた島井宗室と神谷宗湛が立ちまどっている廊下へ、茶頭の長谷川宗仁が走り込んで来る。

「お二人とも、すぐにここからお逃げなさい！　どうやら賊が入り込んだらしい」

「信長公がお泊まりのこの寺へ賊ですと!?」

「詳しいことはわかりませぬが、ここにいては危ない。今すぐお立ち退きなさいませ。近くにわたくしの持つ町家がございますから、ひとまずそちらにご案内いたしましょう。さ、お早く！」

「わかりました！」

神谷が逃げだそうとした時、「長谷川様」と島井が呼び止める。

「なんです!?」

宗仁があせる声でただす。

「茶道具はどうなります？」

「茶道具？」

「今朝の茶会で拝見した、信長公ご自慢のあの大量の名物道具はどうなりますのか？」

一瞬、虚を突かれた顔をした長谷川だが、すぐに気をとりなおして答える。

「この騒ぎの中では道具の類がどうなっているかまではわかりませぬ。それよりも命が大事ですぞ、さぁ早く参りましょう」

「大名物が壊れてしまうかと考えたら悔やんでも悔やみきれませせぬが、仕方がございませぬな」

「縁があったらまた拝見することもございましょう。さあ、参りましょう。二人で無事に博多に帰らなければ」

神谷にうながされ、未練がましい顔の島井もあきらめをつけた。

「さあ、お急ぎくだされ！」

宗仁は二人を連れて、いまや大混乱となった本能寺を脱出した。

（羽柴様に知らせなければ）

「飛脚を呼んでくれ！　一番足の早い者を呼ぶのだ！」

商人二人を連れた宗仁は、屋敷にたどり着くと素早く二人を押し込み家人に預けた。それから急いで情報をとりまとめ、飛脚に託して備中高松城の秀吉のもとへと送り出す。

「いいか、船を使って行くんだぞ。また天気が悪くなって海が荒れないうちに船便で行くように。わかったな」

「へぇ、旦那、おまかせくだせえ」

宗仁一行が本能寺を脱出した頃、もう一人の男が本能寺から走り出していた。

（早く殿にお知らせしなくては！）

本能寺茶会に招かれた客の接待をしていた、明智家の家臣である。光秀は京都に屋敷を持っている。主人が留守の間に何事か起これればすぐに狼煙をあげて知らせることができるよう、常に準備していた。一刻も早く知らせようと、家臣は一心不乱に走っていった。

「夜中に何の騒ぎだ？」

寝室の外にむかって信忠は声をかけた。本能寺からいったん妙覚寺へ戻り、父の指示通りすぐに二条御所に移動した信忠は、与えられた寝室で眠りについたところだった。

「信忠様、お目が覚めてしまわれましたか」

「何を騒いでいるのだ？」

「酔っぱらった町人どもが喧嘩でもしているのでしょう。ただいま見て参りましょう」

小姓が廊下を去る足音を聞きながら、信忠は何か胸騒ぎを覚えた。立ち上がり、夜着を脱いで着替え始めた。

（この間の大雨以来、上様との連絡が途絶えてしまっている。まさか暗殺の企てが行われてしまったのだろうか……いや、上様に限ってみすみす殺されるわけがない）

洛中からの狼煙を受け取った光秀は、異変が大事でないことを祈った。

「本当に上様に不測の出来事が起こったのか、それとも何かの間違いか」

光秀は部屋に呼び寄せた二人の家老、娘婿の明智秀満（弥平次）と斎藤利三の顔を見ながら話し始めた。

「ここ数日の大雨で上様との連絡が取れずにいる。明日六月二日は正式に中国へむけて出陣する日である。わが軍は京都へ入り、上様に中国討伐軍の陣容をお披露目しなくてはならない」

光秀は焦る心を抑えて話しを続ける。

「明日のお披露目のため京都へむけて亀岡を出立したが、上様からとの連絡が途切れたまま、うかつに京都へ入ることはできぬ。そのため亀岡から山は越えてきたが、京都の手前のこのような場所で待機している。そして今、本能寺で異変が起こったという。はたして上様はご無事でおられるのか」

悩む光秀の顔を見て、斎藤が言う。

「殿、まずわたくしが配下の者を連れて京都の様子を見て参りましょう。異変があればお知らせいたします。もしもわたくしからの知らせが途切れた場合、殿はご出陣なさいませぬように」

光秀は迷っているようだったが、やがて決断した。

「そうだな。まず本能寺へ行き、本当に上様がそこにおられるのか、上様はご無事でおられるのかを確認してきてくれるか」

「お任せください」

「わたくしも斎藤殿と別の道筋から本能寺へ入り、様子を探って参ります」

秀満も斎藤の案に同意した。光秀は信頼する二人の顔を交互に見つめる。

「私はお前たちの後から京へ入ることにしよう。異変があればただちに軍を進めて上様をお守りする」

悪い予感がする。京へ行ってはならぬと光秀の勘は告げていたが、信長に会いに行かなくてはいけないという思いが勝った。二人の家老は配下を従え、京へ向けて飛び出していった。

「静かだな」

夜明け前、斎藤利三隊と明智秀満隊はそれぞれ別の道を通って本能寺に到着した。

「おかしいぞ。なぜ門番がおらぬ」

斎藤たちが馬をおりて境内に入っても、誰も現れない。

「妙だ。誰もいないのか。上様はどこにおられる？」

信長用に建てられた御殿を目指して前庭を進んでいくと、ぽつりぽつりと何かが転がっているのが目に入った。夜明け前の闇の中、目をこらす。

「何が転がっている？」

「なんだ、これは⁉」

「死体か⁉」

「みな落ち着け！　中に入るぞ、ついて来い！」

斎藤は部下たちを連れて建物の中へ走り込む。内部を捜索していると、ふと気配を感じた。女が一人どこからともなくフラフラと現れる。

「おい、しっかりしろ！　上様はどこにおられる⁉」

「上様は、上様は……」

女はその場にへたり込み泣き出した。

「上様がどうなさったのだ⁉」

「上様は表へ出て行かれ、それっきり……」

困惑する斎藤たちの耳に「ワーッ」と悲鳴のような声が聞こえたかと思うと、誰かが飛び出してきた。斎藤は思わず斬り捨てた。

「くせものか⁉」

見ると刀を握った侍だった。

「気をつけろ！　賊が潜んでいるぞ！」

言い終わる前にどこから現れたのか、次々と男たちが飛び出し斎藤たちに斬りかかってくる。後はそのまま乱戦となった。


斎藤たちとは反対側の門から入った秀満たちも、同じ状態に置かれていた。

「上様はどこだ？」

秀満が奇妙な静寂に支配された室内を進んでいると、ふすまの陰から一人飛び出し、二人飛び出し、やがて幾人もの男たちが斬りかかってきた。相手に理由を問う間もなく、秀満たちは戦いに巻き込まれてしまった。そのうちにどこからかパチパチという音が聞こえてきた。あっという間に火は大きく燃え広がる。

「みな引き上げろ！　ここはもう駄目だ、火が出たぞ！」

斎藤と秀満の部隊は光秀に連絡する余裕もなく、燃えようとする本能寺で襲い来る敵を斬り捨てていった。夜明け前の町に恐怖が広がっていった。


信忠が着替えを終えた頃、小姓があわただしく部屋へと走り込んできた。

「何事だ！」

「信忠様、京都所司代の村井貞勝様が参られました！　本能寺が燃えているようでございます！」

「なに⁉」

信忠の顔色が変わった途端、村井が飛び込んでくる。

「信忠様、本能寺が！」

「村井殿、いかがなされた！」

「本能寺が燃えておりまする！」

「火事か！　父上はご無事か⁉」

村井が口を開こうとしたその時、いったん静まっていた表の音がまた大きくなった。信忠はついに大声で怒鳴った。

「表で何をしておる！」

その時村井が声を出した。

「信忠様、謀反にございます！」

「なに、謀反？」

「明智光秀殿、ご謀反！」

瞬間、信忠は動きを止めた。

「明智光秀が謀反を起こした模様にございまする！　本能寺は桔梗の旗に取り巻かれ、火があがっておりまする！」

村井の知らせに信忠はしばし言葉を失った。どれほどの間沈黙が続いたのか。一瞬だったかもしれないが、もう少し長かったのかもしれない。

「明智光秀が謀反……」

では父は亡くなったのか。自分はどうすればよいのだろう。そう考えたあと信忠は思い至った。

「そうか、光秀が謀反か。では是非に及ばず。後は戦って死ぬのみ」

信忠は着替えたばかりの着物の上からたすきを掛け、槍を取った。

「村井殿、明智に親王様は助けるように、話をつけてくれ」

「はっ。なんとかやってみましょう」

信長が亡くなったのかどうかもわからないこの時に、信忠はうろたえることもなく指示を出している。（この方はやはり跡取りに相応しいお方だ）と、村井は頭の隅で感心しながら指示を受け入れた。

「それから下働きの女たちも一緒に逃がしてやって欲しい」

「心得ました。明智もそれぐらいは聞き入れましょう」

村井も、共に知らせに走ってきた村井の息子も、信忠とともに死ぬ覚悟を決めている。最後の仕事として親王たちを逃がすよう、村井父子は表へ向かっていった。

二人が出ていくのを見届けた信忠は、刀をたずさえ廊下へ躍り出る。すると家臣たちも信忠にあわせるかのように駆けつけてきた。

「殿、ご無事であられますか⁉」

「おお！」

周りを囲む家臣たちに、信忠は不適に笑ってみせた。

(光秀が謀反とは、父上は想像もされてはおられなかっただろう)

(光秀のやる事だ。京都の出入り口は周到に固めているはずだ。ここを抜け出すことができたとしても、とうてい逃げきれるものではないだろう)

信忠は家臣たちを連れて建物の奥へと走り込む。

「親王様、ご無礼いたしまする！」

突然現われた信忠の姿に、キャー！　と女官たちの悲鳴があがる。

「親王様の御所を汚す非礼をどうぞお許しくださいませ」

信忠はどうやら光秀が謀反を起したらしいことを手短かに伝えた。

「信忠殿、わたしは……わたしはどうすればよろしいのです？」

「殿下、ご安心なされませ。朝廷を敬う心の篤い光秀のこと、親王様やご家族に危害を加えることはありますまい。こちらまでは入って来ぬでしょう」

ほんの少し、誠仁親王のこわばっていた顔がゆるむ。

「あなたはどうされるのです？」

「私はすでに覚悟はできております。御所の一部をお借りすることをお許しいただきとうございます」

親王は、はっと息を呑んだ。

「せめて敵に首を盗られることのないよう地下に私の首を埋めるまで、もうしばらくご辛抱いただきたい。すぐに親王様方がここから退出なされるように、手筈は整えてございます」

「信忠殿……」

言葉の出ない親王にむかい、信忠はゆっくりと頭を下げた。そうしてわずかな供を連れ、二条御所の奥へと消えた。

（わたしも死ななくてはいけないのだろうか。このまま生きておれるのであろうか）

信長からひときわ手厚く庇護されてきた親王は、ふいに目の前に迫る死に怯えた。

不安を抱えたまま四年が過ぎた後、親王は三十四歳の若さで突然の死を迎える。秀吉が日ノ本をほぼ統一し終え、豊臣の姓を賜る年のことである。


「上様はまだ見つからないか!?」

斎藤と秀満たちは本能寺で信長の捜索を続けるが、いっこうに見つからない。

「もっとよく隅々までお探しするのだ！」

いまや本能寺は明智軍の桔梗紋の旗に取り巻かれている。寺の一角から上がった火の手はどんどんと広がり続ける。

「まずい！　ここまで火が来そうだ！」

「火を消せ！　周りに燃え移らせてはならぬ！」

幸い本能寺は周囲を堀で囲まれている。火が町に広がらないよう明智軍は消火にあたる。

「斎藤殿、これでは上様をお探しすることはできませぬ」

「ああ、ひょっとすると信忠様にも異変が及んでいるやもしれぬ。信忠様は妙覚寺にお泊まりでしたな？」

「ええ、ここへは火消しの兵を残し、我らは妙覚寺に行き信忠様をお守りしましょう。もしかすると上様も妙覚寺に行かれたのかもしれない」

斎藤と秀満は、本隊とともに待っている光秀へと使者を走らせる。その後馬を飛ばして本能寺からほんの一キロほどしか離れていない妙覚寺へと駆けつけた。


「何かが妙だ」

妙覚寺に到着した斎藤が異変を感じると、秀満も同じく異様な空気を感じ取った。

「信忠様がお泊まりだというのに門番もおらぬではないか」

「斎藤殿、どうやらここも本能寺と同じで何かが起こっているのかもしれない。拙者は周囲を一回りしてまいります」

信忠が泊まっているはずの妙覚寺は、二条御所のすぐ隣に位置している。秀満が二条御所に差しかかった時、塀の中から槍を持った侍たちが飛び出してきて秀満に襲いかかった。

「秀満殿ーっ!?」

その様子を目の端に捕らえた斎藤が一瞬で二条御所に駆けつけ、斬り合いに加わった。二条御所から飛び出して来た男たちは、明智軍の桔梗紋の旗をめがけて突進して来る。本能寺に引き続き、明智軍はまたもや理由を誰に問う間もなく戦いに巻き込まれ、斬りかかる刃を返すしかない羽目におちいった。斎藤と秀満は、「なぜだ？　何が起こっている⁉」と戸惑いながら戦い続けた。

どれくらい敵と斬り合ったのか。

「やめーっ！　やめーっ！」

ふと戦いの中、時間が止まった。二条御所からの攻撃が止む。

「明智殿ーっ！」

一人の坊主頭の男が御殿から転がるように走り出てきた。

「村井殿！　村井貞勝殿か⁉」

隠居して長男に家を継がせ、みずからは髪を剃って僧侶の姿となった村井貞勝だが、引退後も京都所司代の役職を続けている。

「やめーい！　攻撃やめーい！」

「何だ⁉　何がどうなっている⁉」

混乱する家臣たちを鎮めるため、斎藤と秀満は馬を巡らせる。

「斎藤殿、あれは確かに村井貞勝殿です」

「うむ。村井殿が何かを知っているかもしれぬ。話しを聞こう」

兵士たちが整列したと見て、村井父子がそば近くに駆け寄ってきた。

「お二人とも、どうか親王様を助けてくださらぬか」

「親王様がまだ中におられるのか⁉」

「なぜ我ら明智軍と知って二条御所から攻撃してくるのだ⁉」

「お待ちくだされ！」

村井が二人からの質問を受けている時、ふいに一人の男が近づいてきた。

「何者だ！」

秀満がとがめようとすると、村井が「杉原殿、あなたは杉原殿か！」と声をかけた。

「はい、安土からずっと信忠様に従ってきた羽柴筑前守の家臣、杉原にございまする」

妙に表情の伺えない男だと、村井は思った。備中から秀吉の手紙を安土に運んできて以来、信長の命令で信忠の配下にいたという。信忠上洛の際に京都所司代として出迎えた村井は案内役として長谷川秀一と共に並んでいた杉原の、渋皮のような皮膚が張り付いた顔を覚えていた。

「杉原殿、信忠様は……」

村井が口を開こうとするのを制するように、杉原は話し出す。

「親王様とご家族は中で恐ろしさに震えておられまする。ただちに皆さまをここからお出しいたしましょう」

「親王様ご一家はご無事でいらっしゃるのか⁉」

「はい。一刻も早くお逃がししなくては！　それ、あちらに親王様をお乗せする輿も用意ができております る」

杉原の指さす方を見れば、いつの間に現れたのか、ガラガラと大八車のような簡素な乗り物を引いた男が走ってくる。

「車を用意して参りました、早く親王様をお乗せいたしましょう！」

「秀満殿、あれは連歌師の里村ではないか？」

「ああ、そういえばあの顔は茶会で見かけたことがござる。そうだ、里村紹巴《さとむらじょうは》殿だ」

なぜ連歌師が親王の車を用意しているのだといぶかしく思いながら、秀満は声をかける。

「そなたは里村殿か、なぜここにおられる⁉」

ハァハァと息を整えて里村は話し出す。

「この騒ぎで京の町中が起き出しております。私はこの近くの馴染みの家におりましたので、騒ぎを聞きつけてすぐに駆けつけました。そこで知り合いの杉原様をお見かけして声をおかけしたところ、親王様のお車を用意してくれと頼まれまして。急なことですのでこんな粗末な荷車しか用意できませんでしたが」

　里村は汗を拭き拭き説明した。

「杉原殿と知り合いであったと？」

「はい。羽柴様のご親戚だとかで、よくお供をしておられましたので」

　喋るだけ喋ってしまうと、里村は急かし始めた。

「さあ、急ぎませんと！　親王様に何かがあっては取り返しのつかないことになります、一刻も早くお逃がし致しましょう！」

　そう言われれば光秀にならい勤王の心の篤い明智家臣の二人は、言い返すことなどない。

「よし、いったん戦は止めだ！　村井殿、親王様ご一家を外にお連れなさいませ！」

「承知いたしました！」

　村井の指示で里村の車に乗った親王と妃、それに従う女官や女中らが御殿から脱出していく。車はガラガラと音を立ててはいるが、親王夫妻を振り落とすことのない程度の早さしか出せない。女たちは覚束ない足取りでふらふらと後に続いてゆく。戦いのまっただ中だとは思えない、悠長といえる一場面だった。

(信忠殿……　どうかご武運を)

門を出る誠仁親王は二条御所を振り返り、信忠のために心中で祈った。

しずしずと運ばれる誠仁親王の行列を、兵士たちが見送った。

パーン！　というぅ破裂音とともに戦闘が再開される。

妙覚寺の東側。道を挟んだ向かいに隣り合う二条御所と近衛前久邸の敷地内に、いつの間にか多数の明智軍が入り込み、屋敷の屋根にのぼり、御所目がけて鉄砲を撃ち下ろしている。

「明智のやつらめ、鉄砲を撃ちかけてくるぞ！」

「ちきしょう！　いつの間に近衛邸に移ったんだ⁉」

信忠の家臣たちは少数ながらよく闘っていたが、そろそろ限界を迎えていた。

「信忠様はどこだ⁉　ここを脱されたのか⁉」

「いや、もうお腹を召されたらしい」

「まことか⁉」

信忠死すと聞き、膝からくずおれる者がいる。

「俺も信忠様の後を追うぞ！」、と言い、飛び出して行く者もいる。

「ワー！」という大声をあげて逃げ出す者もいる。

「長益様！　信忠様はいかがなされましたか⁉」

信長の弟で信忠の配下として仕えていた織田長益は、御殿の奥から走り出したところで呼び止められた。

「信忠殿は見事に腹を召されたそうだ」

「ああ……」

「やはり」

数少なくなった家臣たちから落胆の声があがる。

「拙者は信忠殿の最期のご様子を伝える役目がある。ぐずぐずしておれない」

長益はそう言うと、後も見ずに逃げ出していった。


「信忠様！　信忠様ー！」

闇の中、一騎が先駆けて妙覚寺に現れた。

「殿！」

「光秀様！」

光秀のすぐ後を追い、明智軍の本隊が洛中へと姿を現した。その数一万を越える大軍勢である。

軍馬のいななきや甲冑のたてる音が、波のように押し寄せる。町衆は早くも逃げ出すか、逃げ遅れた者たちは固く戸を閉ざして家屋に閉じこもるかのいずれかであった。斎藤と秀満は騎乗すると、光秀のもとに駆け寄った。

「斎藤、秀満、上様は⁉　信忠様はいずこにおわす⁉」

言いながらも光秀は馬を巡らせ、妙覚寺から二条御所、近衛邸へと、未だ戦闘の続く現場を駆け回る。

周囲を一回りしてやっと光秀は馬を止めた。到着してすぐに異変を察知した光秀は、御所の周囲を軍勢で囲い込むよう指示する。町の一角は桔梗紋の旗で埋め尽くされた。戦いは終わりに近づいていた。

御所の中では信忠の後を追い、切腹する者がいる。もう役目は果たしたとばかりに脱出する者もいる。井戸の中に隠れて生き延びた者もいた。二条御所は、夜明け前には明智軍に制圧された。

残党からの攻撃に備えながら建物の内部を捜索するよう命じた光秀は、ようやく説明を聞くことができた。

「いったい何が起こったのだ！　いま見て来た本能寺は火をかぶっておった。上様のお姿はどこにもなかった！」

光秀は顔をゆがめる。

「殿」

秀満よりも年長の斎藤がまず進み出てこれまでの経緯を説明した。斎藤が説明するのを聞きながら、秀満はふと大事なことを思い出す。

「そうだ！　村井殿はどこだ⁉　親王様ご一家を脱出させた時に一緒について行かれたのだろうか」

「村井とは、京都所司代の村井貞勝殿か？」

光秀に尋ねられて斎藤が答える。

「はい。我らが二条御所からの攻撃を受けている時、一時攻撃が止んで、中から村井殿が飛び出してきたのです」

「斎藤殿、ひょっとすると村井殿は信忠様のところにおられたのでは？」

「ああ、そうだ！　京都所司代屋敷は本能寺のすぐ前にある。本能寺の異変を知った村井殿が妙覚寺の信忠様へ知らせに来ていたのだ！」

二人はなぜ村井が妙覚寺ではなく、二条御所から飛び出してきたのかをいぶかしく思った。

「秀満殿、信忠様は妙覚寺にお泊まりのはずであったが、急遽予定を変えて二条御所におられたのではないか？」

「拙者もそう考えまする。村井殿はまず妙覚寺に行き、そこで信忠様は隣の二条御所にいると教えられた、そして二条御所に知らせに行ったのでは⁉」

二人の推理を聞いていた光秀の顔が青ざめる。

「では信忠様は二条御所におられたというのか⁉　明智軍を相手に戦っておられたと⁉」

光秀の額から一筋汗が流れ落ちた。

「もしや村井殿は本能寺で戦っているのが明智軍だと知って、わたしが上様を殺そうともくろみ本能寺を襲撃したのだと誤解してしまわれたのか……。そして村井殿の知らせを受けた信忠様もわたしが謀反を起こしたと思い込み、二条御所を囲んだ明智軍相手に戦ったというのか……」

斎藤と秀満、二人の顔からも血の気が引いている。

「捜すのだ！　上様と信忠様をお捜しするのだ！」

我に返った光秀は叫んだ。残党が襲ってくるかもしれないことなど気にもせず、光秀はみずから二条御所の内部に入り、信長父子の姿を捜した。

光秀が二条御所へ到着した頃、上御所（正親町天皇の住まう御所）へ親王一家を送り届けた村井父子は二条御所へと戻って来ていた。混乱する中を御所内に入り込み、信忠の家臣たちとともに明智軍を相手に戦い、二人とも討ち死にしていた。

「殿！　こちらへ！」

二条御所の最奥、誠仁親王の寝所に近い場所から、家臣の呼び声が聞こえる。光秀は一目散に駆けつける。

「上様、信忠様！　お二人が見つかったか⁉」

息せききって駆けつけた光秀は、一つの遺体を見た。あぐらをかいて前のめりになった身体がまとう着物は、真っ赤に染まっている。身体のすぐ隣には首が転がっていた。

（まさか、まさか信忠様か⁉）

「あちらの……」

家臣の一人が縁先を指さした。部屋の周囲を巡る廊下の板が一カ所、壊されかけている。

「縁先の板をはがそうとしたようです。おそらく介錯した者が首を隠そうとして、できずにあきらめたのでしょう」

光秀は家臣の言葉を聞いてはいなかった。

「信忠様……」

光秀は震える指先を伸ばして信忠の首に触れた。触れたと同時に目をつりあげて声を放つ。

「ご遺体をお隠しするのだ、信忠様のご遺体をお運びせよ！」

「どちらへ!?」

宙を見やった光秀は、「知恩院」と言った。

「知恩院……そうだ、知恩院にお運びしてお埋めするのだ。そうしてふさわしい場所にお移しすることができる日まで、密かにお守りせよ」

「はっ！」

光秀は身体から力が抜けていくのを必死で堪え、それ以上信忠の死について考えるのを止めた。

(信忠様……かならずやお父上をお捜しいたしますゆえ、しばしご辛抱くださいませ)

「急げ、知恩院までわずかだぞ」

「ああ」

「落とさないように気をつけろ」

信忠の身体と首は筵で何重にも覆われて運ばれてゆく。二条御所から東へ直線で約三キロの知恩院へは四半刻（約三十分）もかからずに着いた。

浄土宗総本山知恩院の背後には、標高二百十五メートルの華頂《かちょうざん》山が裾を広げている。知恩院が建つふもとには京の出入り口の一つ、粟田口《あわたぐち》があり、軍事上重要な場所である。天正元年(一五七三)、足利義昭が信長に対して兵を挙げた際、信長はここ知恩院に陣を置いて戦い、義昭に勝利した。

「よし、ここにしよう。場所を忘れないようしっかり覚えておこう」

明智の兵たちは知恩院の裏山の一角に適当な場所を見つけた。ざくざくと土を掘り起こし、信忠の遺体を丁重に埋める。埋め終わると誰いうとなく手を合わせ、短く念仏を唱えて立ち去った。

その様子を陰からじっと見つめる男がいた。

「首尾よくいったと、殿へ合図の狼煙をあげろ」

杉原は手下に命じた。狼煙は西国街道を中継され、一両日中にも備中の秀吉のもとに届くだろう。

「次は勢多へ走るぞ」

「承知」

今宵本能寺から二条御所へとうごめいた男たちは、疲れを知らぬように次の目的地へと動いてゆく。

杉原家次は今でこそ秀吉の家老職を務める武士の端くれとなっているが、もとは行商人である。

連雀と呼ばれる背負子に荷物をくくりつけ、諸国に品物を売り歩くことを生業としていた。秀吉が出世するにつれて細作として仕えるようになり、いつしか裏の仕事を一手に引き受けるようになった。余計なことを考えず、ただ言われたことをするだけの男である。走れと言われればこうして夜を通していつまでも走り回っている。のちに明智の城、福知山城を与えられるがうまく統治することなどできるわけもなく、秀吉に排除されることとなる。最後は秀吉を怨み、変死を遂げる。

「えらいことや！」

「本能寺が燃えてる！」

「火が回らんうちにはよ逃げな！」

長い夜が明け、京都の町は大混乱に陥っていた。

「どこへ逃げたらええのかわからん！」

「御所や！　天子さまのお住まいの御所に行くんや！」

本能寺近くに住んでいた町民たちは焼け出され、御所を目指して逃げ出して行く。

「パードレ様！　パードレ・カリオン様、ご無事ですか⁉」

本能寺から東にわずか四百メートルの場所にサンタマリア教会、通称南蛮寺と呼ばれるイエズス会の教会が建っている。司祭カリオンが朝のミサの準備に起き出した頃、信徒が異変を知らせに飛び込んできた。

「パードレ様！　本能寺から火が上がっています！」

「本能寺が⁉　火事ですか！」

司祭は鐘楼に駆け上り、火を確認してすぐに降りてきた。

「みなさん、ここまで火が来たら危ないです。すぐに逃げ出せるようにしておくのです」

「はい！」

近隣の信徒たちが続々とつめかけてくる。

「みなさん、本能寺にはセニョール・ノブナガがいらしたはずです。セニョール・ノブナガが無事かどうかわかれば教えてください。それから、すぐに安土のパードレ・オルガンティノにお知らせしてください」

「わかりました、すぐに遣いを出します！」

「このサンタマリア教会を造ることをお許しくださったセニョール・ノブナガの無事をみなで祈

りましょう。アーメン」

「アーメン」

「アーメン」

司祭と信徒たちは祭壇に向かい祈りを捧げた。パードレ・カリオンはふたたび鐘楼に登り、火をあげる本能寺に向けて十字を切った。


（上様！　上様）

二条御所で信忠の遺体を見つけた光秀は、その後妙覚寺、そして本能寺へ戻って信長の姿を追い求め、半狂乱となっていた。

「秀満！　上様はまだ見つからぬか！」

「はっ、まだ火が収まってはおりませぬが幸い勢いは弱まってきております。寺の内部に入ることができましたならくまなくお捜しいたします。今しばらくお待ちくださりませ。殿、それよりも町に混乱が広がっております。宮中にも使者を立ててこの混乱について報告し、少しでも騒動を治めることが肝心かと思われまするが」

光秀はハッと我に返った。

「そうであった。とにかく町を平常に戻さねばならぬ」

落ち着いて周りを見渡すと、町衆に混じり公家衆も遠巻きにしているのが見える。

「明智様ーっ！」

そのとき遠くから呼びかける声があった。

「殿、茶屋殿ではございませぬか」

秀満にいわれて見たところ、確かに家康の案内役として付き添っていた京都の豪商、茶屋四郎次郎だった。

「茶屋殿！」

光秀が声をかけると警備にあたっていた兵士たちが道を開けて、四郎次郎を通した。

「明智様、この騒ぎはいかがなされました⁉　本能寺へは織田様がお泊まりだったはずですが、織田様はどちらにおられるのですか⁉」

光秀は人払いをして四郎次郎と話しはじめる。

「異変を知らされ、わたしがここに着いた時にはすでに火があがっていた」

光秀は手短に昨晩からの事を話してきかせた。信長の姿がどこにもないこと、そして信忠の死のことも。

「まさか、そのような……」

四郎次郎はふらりと足もとをふらつかせた。

「堺での遊覧を終えられた徳川様は、本日織田様にお礼を述べるため京都へおいでになるご予定にございます。その案内役として、わたくしは一足先に昨日から京都へ戻っていたのでございます」

かなり火の収まってきた本能寺を四郎次郎は心配気に見つめる。

「徳川様は安土や京都で織田家の方々からことのほか手厚いもてなしを受けられたことを、たいそう喜んでおいでにございます。このことをお知りになれば、どれほど悲しまれることか」

光秀はふところから矢立てと紙を取りだし、急いで手紙を書いて四郎次郎に手渡した。

「茶屋殿、すぐに徳川殿に逃げるよう伝えていただけるか？　今この都では何か恐ろしいことが起こっている。恥ずかしながらわたしにもよくはわからぬのだ。これからも何かが起こるかもしれぬ。徳川殿も狙われるかもしれぬ」

「明智様……」

光秀は意を決して四郎次郎に打ち明けた。

「信忠様はいま知恩院で眠っておられる。いつの日か機会があるならば、信忠様のために香華を手向けてくださるよう、徳川殿に伝えて欲しい」

光秀は「さあ、早くお逃げなさい！」と四郎次郎を促した。四郎次郎は込み上げるものをこらえ、家康のもとへと走り出していった。

もとは武士だった四郎次郎は、今では大名相手に商売を広げ、家康の御用商人と言われるほどの才覚を持った人物である。きっと家康の助けとなるに違いないと、光秀は願うように思った。

「わたしは安土へゆく。上様が城へ戻っておられるかもしれぬ」

家臣に向かい、そう告げる光秀の顔は決意に満ちていた。

「これより兵を二隊に分ける。一隊は京都に残り、秀満はこれを指揮して上様をお捜しせよ。同時に上御所と下御所（誠仁親王が住む二条御所）周辺を見回り、治安の回復に努めること。よいか、頼んだぞ」

「はっ」

「もう一隊は斎藤が指揮を執り、わたしとともに安土へ向かい上様をお捜しする。京都か安土のどちらかに必ず上様はおいでになるはずだ。斎藤」

と、光秀は呼びかけ、兵をまとめるように命じた。

「では、頼んだぞ」

秀満に後を託した光秀は、悲壮な眼をして近江へ向かっていった。

四郎次郎は堺から京都へ向けて出立していた家康一行を、街道の途中で捕まえることができた。光秀からの書状を読んだ家康は、頭を抱えてその場にへたり込んだ。

「これはいかん。わしも知恩院で腹を切る」という家康を、家臣たちは抱きかかえるようにして励ましどうにか思いとどまらせた。家康は光秀からの書状を懐に大事そうにしまうと、脱出を開始した。経路は伊賀国を越えていくことになった。

一行は四郎次郎が提供した資金を使い、通る先々の土豪に金をばらまいて道案内と用心棒を頼みながら進んでいった。当初同行していた穴山信君は途中で分かれる道を選び、野盗に襲われ死んだ。

家康は強運の持ち主だった。途中信君のように野盗に襲われるなどの危機がありながらも、団結した家臣たちの協力で乗り越えることができた。伊賀出身の服部半蔵がいたことで伊賀衆の協力を得ることができたのも幸いした。さらに甲賀衆も逃避行に力を貸してくれた。出立から二日後の六月四日、家康は無事岡崎城に帰還した。この脱出行は後の世に「神君伊賀越え」と呼ばれることになる。

「明智がやった」

「明智光秀が信長に謀反した」

信長の遺体さえ見つかっていないこの時点で、何故かすでに京都の町中に光秀が謀反して信長を殺したとの噂が広まっていた。噂は本能寺を焼いた炎よりも強い勢いで、京都の周辺にも広がり始めていた。

夕刻。御所へ逃げ込む者、京都から逃げ出す者で、町中が混乱の極みに達した。その頃には安土へも異変の知らせが届いていた。信長が襲われたとの知らせに安土を逃げ出して、京都へ向かう者も多くいた。安土と京都を結ぶ街道は殺到する人々であふれ始めた。


「昨夜は良くお休みになられましたか？」

「ああ。ぐっすりと休めた」

織田信孝は、血色の良い顔で返事をする。

「それはよろしゅうございました」

「昨夜の宴席での十分なもてなし、楽しかったぞ。礼をいう」

岸和田城主蜂屋頼隆は、「信孝が四国出陣の為に大坂へ来たら接待するように」との指示を前もって秀吉から受けていた。信孝の満足した様子を見て、秀吉の気配りの行き届いていることに感心した。

蜂屋から招きを受けた信孝は、昨日六月一日、軍勢を住吉に残したまま副将の丹羽長秀を連れて岸和田城へとやって来ていた。明けて二日、信孝たちが朝食の席についたところに凶変の知らせがもたらされた。書状を読んだ信孝は思わず立ち上がったが、そのあと動くこともできなかった。

「信孝様、急いで住吉に戻りますぞ！　兵をまとめて京都へ向かいましょう！」

先に冷静さを取り戻した丹羽長秀にうながされ、ようやく信孝は動き出した。慌てて駆け戻った住吉の港には船が置き去りにされたまま、兵たちの姿の大半が消えていた。

「長秀殿、兵は……兵はどこに消えたのだ」

(もともと信孝様配下の兵ではない寄せ集めの者たちが、どこからか異変を聞きつけ早速逃げ出したというわけか)

長秀は苦虫を噛み潰した顔で事態を理解した。

「信孝様、しくじりましたな。住吉にも京都での異変の知らせが届き、兵たちは逃げ出してしまったのでしょう」

「勝手に逃げ出すとは何事か！」

「上様が亡くなったという知らせが届いたところに大将である信孝様もおられぬとあって、みな動揺いたしたのでしょう。もともと信孝様の家臣ではなく方々から集まっていた者たちでございまする。恐らく国元へ逃げ帰ったのでしょう。しょせん寄せ集めの兵だったということですな」

信孝はわなわなと怒りをこらえる。

「これからどうするのだ！　兵がいなくては四国へは行けぬ。父上の仇、明智を討つこともできぬではないか！」

「ここにいてもらちが開きませぬ。いったん大坂城へ戻りましょう」

怒りに震える信孝だが、どうすることもできない。長秀の言うとおり大坂城へ引き上げるしかなかった。

（軍を残したまま住吉を離れるのではなかった。夕べまでは一夜にして大大名に成ったともてはやされておったものを、これからまた苦労して兵をかき集めなくてはならぬのか）

信孝は悔しさをぶつけるように、騎乗した馬の腹を鞭打ち続けた。

近江八景に選ばれたほどの夕映えの美しさで知られた勢多の唐橋。この日はしのつく雨で夕映えもなく、日暮れが早かった。杉原家次は、琵琶湖の南、勢多城の山岡景隆のもとを訪れ、信長と信忠が明智光秀により暗殺されたと告げた。

「明智軍は安土城を奪うため、やがてこの勢田へ進軍してくるだろう。明智軍を通さないため、橋を切り落とすように」と、杉原は強く迫り去っていった。

その日のうちに進軍してきた明智軍を見て、山岡は混乱した。

「謀反の話は本当だったのか！　わしはどうすればよいのだ」

うろうろと室内を歩き回りながら、とにかく攻撃されることを恐れた山岡は、城を捨てて逃げ出すことにした。

「反逆者に手を貸すわけにはいかぬ。橋を切り落とせ！」

山岡はそう命じて逃げ去った。

勢多の唐橋が焼かれて半壊したため安土方面へ渡れない明智軍は、部隊の一部を残して橋を修理させることにして、いったん坂本城へと引き上げた。

ガラガラと台八車を引く者、走り回る者、泣きわめく者。六月二日の夕刻、安土の城下にもすでに異変が伝わり、町は混乱の渦に巻き込まれていた。

「逃げろ、逃げろ！」

「明智軍が攻めてくるぞ！」

「キャーっ、助けてー！」

城下の民たちはわれ先に安土の町から逃げ出して行く。行くあてがある者もない者も、一家そろって逃げ出す者も、家族を置き去りにして一人で逃げ出す者も。やがて城下に火があがった。火が出たことで、城下はさらに混乱に陥った。

木村次郎左衛門は同じ留守番衆の一人、蒲生賢秀の姿を探した。幸いすぐに大手道で賢秀の姿は見つかった。

「蒲生殿はこれからいかがなされる」

「お方様と女房衆を、ひとまず拙者の日野城にお連れいたします。木村殿は？」

「拙者はこの安土の常楽寺が本拠地でありまする。他にどこにも逃げる場所はござらぬゆえ、ここにとどまりまする」

「しかし安土に残る留守番衆の数だけでは、とうてい明智軍とは戦えますまい」

蒲生がそう説いても、木村は固く唇を結んだ表情を変えなかった。

「なに、この安土城の普請奉行を賜ったのはこの拙者ですぞ。城の造りは誰よりもよくわかっております。上様よりもな」

　木村は不敵に笑ってみせた。

「明智軍に少しは抵抗もできましょう。簡単にはやられませんぞ。それに織田信雄様の軍がこちらへ向かっておられるという知らせもある。信雄様が加われば明智を倒すこともできるかもしれぬ」

「木村殿、拙者と共に日野城に参られませぬか？」

　蒲生はすがるように言う。同じ留守番衆を置き去りにするようなことはしたくなかった。

「蒲生殿、お気持ちだけありがたく頂いておきましょう。なぁに、大丈夫。いずれまたここでお会いしましょうぞ」

　木村は大したこともないように、笑って言った。賢秀はそれ以上なにも言えず、深々と礼をすると木村の前から立ち去った。

　六月三日　卯の刻（午前五時～七時頃）
　信長の側室と女房衆たちは蒲生賢秀・氏郷父子に引き連れられて、日野城を目指して落ち延びていった。この女たちも二度と安土に戻ることはなかった。

「さぁ、城を出るぞ！　みな外へ出よ！」

夜通し走り回った木村次郎左衛門は、いま天主閣の外に出ようとしている。

「木村殿、天主に籠城するのではないのですか？」

「この美しい城をむざむざ戦いの火で焼いてしまうことはできぬ。城の外で明智軍を待ち受ける」

「しかしこのわずかな人数では、籠城でもしないことには一瞬でやられてしまうのではありませぬか？」

「そうかもしれぬ。よいぞ、逃げたい者は止めはせぬ。死にたい者だけ残ればよい。わしは誰も責めぬ」

そういうと木村は、散歩でもするようにふらりと城の外へと出て行ってしまった。木村とともに安土に残った留守番衆は、ほんのわずかな者たちだけだった。

城と城下町とをつなぐ百々橋《どどばし》あたりまで、木村は降りて来た。最後にもう一度天主をふり仰ごうと、上を見た。目の端を黒い鳥がかすめるのが見えた。鳥に見えたのは黒い矢尻だった。木村は頭を射抜かれて死んだ。わずかに残っていた留守番衆たちも、ろくに抵抗する間もなく次々と殺されていった。彼らを襲った黒装束の男たちは、安土の森へ消えていった。

「ご開門を！　至急の知らせにございます。ご開門を！」

飛脚がもたらした知らせをこの日、細川藤孝・忠興父子は居城である宮津城で共に受け取った。

「京都にいる米田求政《こめだもとまさ》（細川家家臣）からの知らせだ」

藤孝は米田が寄越した飛脚の様子から、ただならぬ事が起こったと直感した。

「なっ……」

一瞬息をのんだ藤孝だがすぐに気を取り直し、書状の最後まで目を走らせた。

「忠興、落ち着いて読みなさい」

「はい」

わざわざそのようなことを言う父を不審に思いながら、忠興も書状を読んだ。

「父上！」

忠興もその後の言葉が続かない。

「上様……」

むっつりと黙り込んでいた藤孝は、腰の小刀を抜くといきなり髷を切り落とした。

「父上⁉」

「忠興よ。わしは信長公から深くご恩を賜った身だ。信長公を悼むため髷を落とし、ただいまより僧形となる」

この場合、実際に出家してどこかの寺院にこもるわけではないが、藤孝は一線より身を引くという意志を示したのである。

「お前にとって明智殿は妻の父、舅にあたる。これからお前がどうするかは、わしのことはかまわず自身で決めるがよい」

「父上、私も初陣で信長公によく戦ったとお褒めのお言葉を頂いて以来、ずいぶんと目を掛けていただきました。信長公を悼む気持ちは父上と同じであります。私も今この場で髻を落とします」

というと忠興もすぐさま自身の小刀で髻を切り落としてみせた。

「珠子はどうする」

藤孝は光秀の娘である忠興の妻の名を口にした。

「珠子は……珠子は隠します」

「隠すとな？」

「はい。謀反人の子とはいえ、この家の将来の跡取り息子の母でもある珠子を、私は見捨てることはできませぬ。どこか山奥の人目につかぬところに珠子を匿うことを、どうかお許しいただけないでしょうか」

藤孝は切ったばかりの頭を触りながら考え、返事をした。

「明智殿は謀反人となったとはいえ、わしとは長年生死を共にした間柄だ。お前の気持ちを汲み、珠子を匿うことを許そう。しかし他人の目ははばからなくてはならぬ。形ばかりとはいえ離縁しなさい。そうして鳥も通わぬ山奥に捨ててきなさい。一人山奥で死ぬだろうと誰もが思うような場所を選び、絶対に見つからぬように隠しなさい。そのうえで密かに護りを付けてやるとよい」

「はい……はい、父上」

忠興は肩を震わせて答えた。

（ちきしょう、せっかく運が巡ってきたというのに、わしはこれからどうすればよいのだ！）

伊勢・松ヶ島城（現・三重県松阪市）の織田信雄は焦っていた。

「兵をかき集めろ！　身体が動く者は誰でもいい、できるだけ多く引き連れて安土にむかう。とにかく早く兵を集めよ！」

〈信孝に兵を貸すのではなかった。父上の手前、やつが四国に出兵するはなむけとしてほとんどの兵を貸し与えたのが間違いだった〉

急遽集まった兵は、二千五百人ほどだった。

「これでは万を超す明智軍相手に戦えぬ。仕方がない。とにかく安土城を押さえて織田家の家臣たちが集まるのを待つしかない」

六月三日、信孝軍は蒲生家の日野城に隣接する近江・土山まで進軍した。安土へはあとわずかな距離である。ところが土山に陣を布いた信孝のもとへ、領国伊勢からの早馬が駆け込んできた。伊勢で地元の豪族たちが一揆を起こすという噂があるため、至急戻って欲しいとの報せであった。

「殿、いかがなされます。ここでじっとしていては明智軍が安土城に入るのを見過ごさねばならなくなりまする」

「わかっておる！」

信雄は家老の言葉を聞くと、くそっ！　と吐き捨てた。

「安土城は織田家の旗印のような城だ。あそこを押えておかなければ家臣が集まる場がなくなってしまう。明智に入られてしまえば、やつらの拠点にされてしまうではないか！」

信雄はその場をぐるぐると歩き回る。安土は欲しい。けれど一揆に荒らされて領国を失えば、帰る国がなくなってしまう。

「何より伊勢を失えば、自分の国一つ守れぬ者が天下を治めることなどできるものかと、笑われることになってしまうではないか」

いくら考えても、信雄にはどうすればよいのかわからなかった。

「伊勢の様子を探り、逐一報告せよ！」

結局信雄の出した指令はそれだけだった。そしてそのまま何もできず、土山にとどまり続けた。


「ヒャーッ！」

夜明け前、いまだ真っ暗な闇に沈む本陣に、奇妙な笛の音のような奇声が響きわたった。

「殿、いかがなされました⁉」

「ひーっ！　ひっひっひっ！　ひゃーっ！」

秀吉の寝室の外で不寝番《ねずばん》をしていた者が異変を感じ、黒田官兵衛を起こしに走る。

「殿がどうされた」

「さきほど早馬が運んできた書状を殿にお渡ししたのですが、そのあとからご様子がおかしくなられて……。部屋には殿お一人でございますので迂闊に入るのはためらわれましたもので、黒田様をお起こししてしまいました。申し訳ございませぬ」

「殿、入りますぞ」

駆けつけた官兵衛は、秀吉の寝室の戸をそろりと開けた。そこには床にはいつくばって震える秀吉の姿があった。

「殿、お身体の具合がお悪いのですか⁉　薬師《くすし》をお呼びいたしましょうか」

「ひゃっひゃっひゃっ」

秀吉は顔を伏せ、泣いているのか笑っているのかわからないひきつった声を発している。頭の中で小人が踊り回っているようだと、秀吉は感じた。ひくひくと笑いの発作が治まらない。仕方がないのでそのままにしていると、身体が疲れたのか、笑いはさらにひきつり、すすり泣くような声が出始めた。

しばらくして秀吉は、うつ伏せた体勢のまま側に広げた書状を指してみせた。

「拝見いたしまする」

素早く目を走らせた官兵衛の身体が固まる。

「これは……、まことにございまするか⁉」

秀吉はいきなり身体を起し、かすれた声で叫ぶ。

「まこともまこと、おおまことじゃ！」

「なんということだ」

官兵衛はがっくりとうつむき、両手で額を支えるとそのまま動かなくなった。へたり込んでいた秀吉はずるずると官兵衛に近づき、両肩に手を置き官兵衛の身体を揺らしはじめた。

「官兵衛、官兵衛、上様が亡くなってしもうた。わしは……わしはこれからどうすればいいんじゃ。なぁ、官兵衛」

やがて官兵衛は、両肩に置かれた秀吉の手を払い言った。

「戻るのです」

いつもの切れ者官兵衛に戻った声だった。

「上様と跡継ぎの信忠様がともに亡くなられたとあっては、天下は再び混乱いたしまする。誰かが天下を治めなければなりませぬ。次の天下人。それは上様の敵、明智を討った者となりましょう。殿！　明智を討てるのは殿以外にはおりませぬぞ！　今すぐ畿内に戻り、明智を討つのです！」

「官兵衛、官兵衛」

秀吉は涙と鼻水に汚れた顔で、官兵衛の名を繰り返すばかりである。官兵衛は、本陣中に響く大声で秀吉の名を叫んだ。

「殿！　お立ちなされい！」

びくっと震えた秀吉は、次の瞬間立ち上がり、仁王立ちで雄叫びをあげた。

「わーっ！　官兵衛！　わしは、わしはやるぞーっ！」

今や本陣全体に灯りが灯され、みな起き出している。

官兵衛は廊下に顔を出し、「心配ない。みな元に戻れ！」と声をかける。

「官兵衛、地図を用意してくれ。京都へ戻るぞ。上様の仇討ちじゃ！」

この瞬間、羽柴軍の「中国大返し」が始まった。


真夜中。急遽秀吉からの連絡を受けた安国寺恵瓊は、密かに小舟に乗り込み高松城に入った。

高松城主清水宗治は、意外な顔をした。

「毛利の殿は、拙者の首を羽柴に渡すことはできぬと、その為にこの十日間羽柴と睨み合っていたと申されるのか……」

自分の命と引き替えに高松城の者たちが助かるならと、清水は喜んで首を差し出すと言った。

「十日の間に飢えて死んでいった者たちに申し訳ない。もうこれ以上死なせずに済むのなら本望だ」

翌朝。そう言って、清水は悠々と切腹して果てた。

秀吉にとって清水は生かしておけない相手であった。もし生かしておいたなら、信長が死んだ直後に講和がまとまったなどとは都合が良すぎると、疑われるかもしれない。それに清水は、高松城攻撃の前に秀吉が見返りを持って寝返りを誘った際、けんもほろろに断っていた。清水は損得で動く男ではなかった。一度仕えた毛利のためにためらわず命を差し出すような、揺るがぬ芯を持つ男だった。秀吉にはそのような人間は要らない。必要なのは、利用できる手駒だけである。

「餌を蒔いても従わないのなら、殺してしまえばいい」

毛利との交渉において、秀吉は清水切腹を絶対条件として譲らなかった。

六月四日
「清水宗治が切腹！　なんということだ！　毛利家に対し忠義を尽くした男を和睦と引き替えに死なせてしまうなど、毛利家の名折れではないか！　恵瓊殿、貴僧は毛利家に仕える身でありながら、毛利の家臣を切腹に追い込んだのか！」

清水の切腹を毛利元春に報告した恵瓊は、元春の激しい怒りを受けた。だが恵瓊は気にした風もなく、元春を説得にかかる。

「殿様。清水殿は自分が毛利軍と羽柴軍との和睦のさまたげになっていると理解したのです。おのれの首一つですぐにも和睦が叶うならばまったくためらうことはないと、粛々と切腹を終えてございます」

元春は肩をいからせ、もともと気に入らなかった恵瓊の顔など見たくもないというように背を向けた。恵瓊はかまわず説得を続ける。

「羽柴の気が変わらぬうち早々に和睦をしてしまうほかに、毛利家の生きる道はございませんぞ。それは殿様ご自身、よくわかっておられることではありませぬか。毛利家の領土は五か国まで拡がったというものの、国元を出て遠くの土地に在番する家臣たちの多くは、不満に思うておるそうでございますな」

恵瓊は元春の顔色を見ながら、根気よく説得を続ける。

「天下人となり、日ノ本中に勢いを広げている織田軍と戦って全滅させられるよりも、毛利の本拠地から遠い国などくれてやって、和睦するほうがよろしいではありませぬか」

元春は身体を横に向け恵瓊と眼を合わせようとはしないが、話を遮ることもなく聞いている。

「殿様。羽柴は陸だけではなく、海からも我らの領土を攻めることができるほどの大軍を持っております。その気になればいつでも総攻撃をかけることができるはず。その羽柴がわざわざ和睦を示しておるのです」

恵瓊はあせらず、重大な情報を披露することにした。

「この十日間というもの和睦の条件がまとまらず、双方動くに動けず睨み合いが続いておりました。しかし昨晩になり、羽柴側が突然和睦を急かしてきたのです。これは何かあるのではないかと忍びの者を放ったところ、織田信長が暗殺されたという話を掴んでまいりました」

「そ、それはまことか!?」

思わず恵瓊の方を向いた元春に対して恵瓊が続ける。

「信長家臣の明智光秀が謀反を起したというのですが、確証はありませぬ」

「なんと……」

元春は信じられぬというように頭を振って言う。

「本当に信長が死んだのであれば、恐れることなく羽柴と戦い勝てばよいではないか！　いくら羽柴が大軍とはいえ信長という後ろ盾がなくなったのであれば、毛利が全軍であたり互角の戦いに持ち込み、羽柴を東へ追い返すこともできるであろう」

柔軟に物事をとらえる隆景と違い、元春はいつも力づくで事を運ぼうとする――、と恵瓊は溜息をつきたくなるのをこらえながら答える。

「いえ。信長が死んだとあれば、次の天下人の座を巡って世はまた乱れまする。織田家が混乱しているうちに毛利の領土の守りを堅くして、態勢を立て直せばよろしいのです。そのために、ここで急ぎ和睦して羽柴を返しておきましょう」

恵瓊と隆景との間では、秀吉が軍を返してのち織田家がどうなるのか、次の天下人は誰になるのか、幾通りもの先を考え話し合っていた。しかし恵瓊はこの力任せの元春に対しては、そこまでの話をする気はない。

元春はようやく恵瓊の説得を受け入れた。さすがに羽柴軍と和睦するのが最善策であると理解していた。

うぅん……とうなりながら何度も首をふっていた元春は、やがて「清水の家族のことは今後十分に世話をしてやるように」、と一言いった。

それでは……、と恵瓊は膝を詰め、和睦にむけての具体的な話を始めた。

六月四日　午後

羽柴、毛利双方の使者が無事に起請文（約束を交わす際、それを破らないことを神仏に誓う文書）を取り交わし、天正五年から続いた秀吉の中国攻めは、この日終わった。

「急げ！　支度の整った隊から出発せよ。東へむけてとにかく走れ！　後ろを見ずにただ走れ！」

京都から異変の報せが届いた昨日六月三日のうちから、すでに黒田官兵衛は軍を東へ返す手配を始めていた。四日朝の清水宗治切腹が完了した時点で、官兵衛は先発隊の選抜を終えている。

「黒田様、調印式が終わったとの報せが届きました！」

秀吉の本陣に伝令が飛び込んでくる。その報せを待たずしてすでに官兵衛は先発隊を出発させていた。

「おお！　終わったか、ご苦労」

官兵衛は秀吉のもとへ報告に向かう。

「殿、調印式が無事終了いたしました。先発隊はすでに東へむけて出発しております。殿も急ぎお支度を」

「よっしゃ！」

秀吉は立ち上がると自分の腹をひとつポン！　と叩いた。

「官兵衛、調印が済んだとはいえ、吉川の気が変わって東へ向かう我らの背後を襲ってこぬかな」

「小早川殿が押さえておいてくださる手はずですので、ご心配には及びませぬ。しかし我らは急ぎの行軍ゆえ、武具も甲冑も持たずに身体一つで走るという無防備さ。そこを襲われてはひとたまりもありませぬ。念のため宇喜多秀家殿の軍を高松城に残し置き、毛利に対する見張り役となっていただきましょう」

秀吉はにやりと笑う。

「そうだな。秀家は可愛げのあるやつだが、もとからのわしの家臣ではないからな。秀家が毛利の返り討ちに遭い犠牲になったとしても、わしの腹は痛くもないわ」

毛利が交わしたばかりの起請文を破棄して襲いかかってきたとしても、宇喜多軍が押さえとなって時間をかせいでくれれば、その間に羽柴軍は毛利の領土の外へ逃れることができる。秀吉は商人が仕入をするような顔でそう計算した。

「さあ、そうと決まれば殿もお早くお支度を」

「おう、わしはいつでも出られるぞ。気合いを入れて出立じゃ！」

こうして六月四日、午後の早いうちから出発した先発隊に続き、秀吉本隊も高松城を出立した。

「走れ！　走れ！　換えのわらじは通り道の村の者たちが渡してくれる。にぎりめしと水の用意もしてあるぞ。お前たちは身一つで走ればよい。一番早く姫路城に着いた者には褒美をはずむぞ！」

わーっ！　と兵たちに歓声があがる。毛利との和睦が成るのを見越した官兵衛は、三日の夜中から早馬の使者を走らせ、街道筋の村々へ行軍を助けるようにとの命令を広めさせていた。

「雨が降っても走り抜け！　一番早く着いた者に、一番多く褒美をやるからな！」

轟々と音を立て、兵たちの固まりは狂犬の群れのような勢いで街道筋を駆け抜けていく。秀吉が日頃から抜かりなく街道筋を治める地元の豪族たちとつき合っていたことが役に立った。報せを受けた彼らは走りやすい道や抜け道を羽柴軍に教え、村人に命じて食べ物や飲み物、わらじを提供させ、簡単な怪我の手当てをさせるなど、尽力してくれた。

高松城は開城され、たてこもっていた者たちが次々に脱出を始めた。

「本当にこれでよいのか。みすみす羽柴を帰してしまってよいのか」

高松城と羽柴の陣の両方を見渡せる場所に立った毛利元春はつぶやいた。

「兄上。これからはまた世が乱れますぞ。織田家の跡目争い、そして天下人の座を巡る争いが始まるのです。毛利の客人足利義昭殿にはその戦乱を乗り切る力はございませぬ。我らは中央での争いに巻き込まれることを避け、この西国で家と領土を守っていこうというのが、父元就の教えであります。その父の教えを守り、今は羽柴に恩を売っておきましょう。それが後できっと毛利のためになりまする」

「お主は口がうまい。父上の教えを出してくるとは、何も言えなくなるではないか」

元春は苦笑した。

「兄上、ご覧くだされ。羽柴の最後の軍、宇喜多秀家軍が引き上げて行きますぞ」

高松城から、西国から、羽柴の軍が去ってゆく。最後に残っていた宇喜多軍は秀吉の後を追い、そのまま秀吉の背後を警護しながら東へと向かって去って行った。

六月五日
「急げ！　急げ！」

男は馬の尻を鞭打ち続けた。夜明けにはまだ遠い午前二時。日が昇ると今日もまた、梅雨時の蒸し暑さが襲ってくるだろう。男は東へ向けて馬を走らせ続ける。

「早く、誰よりも早く戦場へ！」

秀吉の顔には、笑みが浮かんでいた。


死の都――、勢田川を舟で渡り、先発隊を率いて安土に入った明智秀満は、城下を見てそう感じた。あれほど栄えた安土城とその城下町は、いまや人っ子一人いない廃墟と化している。

「秀満様！　百々橋で多数の武士が倒れております！」

家臣からの知らせを受けて駆けつけた先には、十数名に上る遺体が無惨に散らばっていた。自分の知らぬ間に都での凶事がこの安土にも忍びいっていたのかと、秀満は目眩を覚えた。

「みな勝手に広がるなよ！　どこかに敵が潜んでいるかもしれん。一人にならず固まってあたりを探れ！」

これは現実なのかと疑いながらも指示を出す。大手道を上り眼にした城郭の姿は、秀満たちをさらに驚愕させるものだった。

「おい、見ろよ！　城の一部が焼けているぞ！」

「どうした、火事があったのか⁉　天主が焼け焦げているぞ」

城を見た兵士たちは、みな驚きを口にした。安土城は燃え尽きてこそいなかったが、あれほど華麗だった天主には炎に覆い尽くされた痕跡があった。この様子では信長がここにいるとは到底思われない。秀満は光秀の絶望を思い、挫けそうになる気持ちを抱え、それでも信長の捜索を続けようとする。

「これより城に入る組と城下を捜す組とに分かれる。みな数人ずつ組んではぐれぬようにせよ。油断するなよ！」

（父上が来られるまでに捜せるところはすべて捜しておこう）

秀満らは城中と御城下の町をくまなく捜索したが、信長の姿が見つかるはずもなかった。

この日、勢田の唐橋の復旧作業が終わった。坂本城の光秀と明智軍本隊は続々と橋を使って勢多川を渡り、安土へ向かった。

(ここはわたしの知る安土ではない)

安土城下へ入った光秀もまた、秀満と同じように愕然とした。城下には人影もなく痩せた犬がうろつくばかりだった。

「おい、上様はやはりもう……」

「しっ！　黙って進め」

兵士たちの間にも困惑が広がっていく。無言で大手道を上り城門前の広場に着いた光秀を、秀満が出迎えた。

「秀満！　上様はおいでになられたか⁉」

秀満は「いえ、まだ」と短く答えることしかできなかった。

馬から降りた光秀は、焼けた跡の痛々しい城を見上げると、「上様！」と一言叫んで走り出した。

「殿！」

血相を変えた光秀の後を追い、秀満も駆け出していく。

「上様！　上様！」

城に入った光秀は、上へ上へと駆け上がっていく。金の柱の間を抜け、黒漆で塗られた部屋を通り、古代中国の聖人たちや釈迦と弟子たちが描かれた部屋を抜け、地獄の亡者と鬼が描かれた部屋を走り抜ける。

信長の姿はどこにもなかった。狩野派の絵師たちが精魂込めて描いた花鳥風月も、光秀の眼には入らない。走り続けてとうとう天主の最上階に達したが、そこに主の姿はなかった。六階建ての建物とその上に建つ五重の天主の最上階まで、尋常ではない速さで駆け上ってきた光秀は、糸が切れたようにばたりと膝から崩れ落ちた。

「上様、上様！」

「父上……」

遅れて駆けつけた秀満は大きく肩で息をつき、光秀の隣に座る。

「上様はなぜどこにもおられぬのだ。私は信忠様のことを上様にお知らせせねばならぬのに。そうしてせめてものお詫びに腹を切らなくてはならぬのに」

「父上……」

ざっ、と衣擦れの音をさせて秀満の方を向いた光秀は、訴えるように身を揉んだ。

「上様はどこにおられるのだ。もしや岐阜城へおいでになられたのか。私が上様の本隊として先陣を切り西国へ出陣するはずであったのに。上様は明智の軍を京都で待つと、確かに申しておられたのに」

「父上。恐らく上様はもう……。京都で、我らが来る前に何者かによってお命を……」

ダン！　と音を立て、秀満の言葉をさえぎって立ち上がった光秀は激高した。

「何を言うのだ！　上様は一時お姿を隠しておられるだけだ、無礼なことを言うではない！」

「申し訳ございませぬ」

秀満は光秀に叱責されたことよりも、いまだに信長の生存を信じる光秀が悲しくて顔を伏せた。

「上様、この光秀が必ずお捜しいたします」

立ち上がり、天を仰いで誓うように言った光秀は、くるりと振りむいた。

「秀満、私はもう少しここをお捜しする。お前は外を捜しなさい」

「父上、しかし」

「早くゆけ！」

光秀は有無を言わせなかった。秀満は仕方なく、一人天主の階段をかたりかたりと降りていった。

一人天主に残った光秀の眼前に、やっと信長が姿を現した。

「上様！　ご無事でおられましたか！」

いつものように主の座につく信長に、光秀は安堵と喜びに満ちた声をかけた。

「上様、城は火をかぶり傷んでしまいましたが、この十兵衛がすぐに元の通りに治してみせます。どうぞご安心なされませ」

光秀は黄金の光を弾く天主閣と、城に合せて美しく整備された安土の街と街道を思い浮かべる。安土と京都を結ぶ街道は、道行く人々の日よけになるようにと、信長が道の両側に樹木を植えさせたものである。

(上様は、ご自分に歯向かうものは、それが犬であっても殺してしまうようなお方だが、道端の乞食を哀れみ、生涯暮らしていけるように手配するような、そんなわらべのような純粋なお方でもあられる。わたしは生涯このお方にお仕えすると誓ったのだ)

光秀があらためて主人を見ようとすると、主人の姿はその座から消えていた。

「上様、上様！」

確かに信長の姿を見たその座には、信長がまとっている香の匂いだけが漂っていた。

「敵の襲撃に備える部隊はただちに配置に着け。残りの者は組頭の指示に従い、定められた場所に向かえ」

秀満は安土に明智軍を駐留させる仕事にとりかかった。光秀の様子は気になりながらも、忙しく動くうちに時が経っていた。気が付いた時にはすでに陽が落ちようとしていた。はっとした秀満は急いで天主へと上がったが、そこに光秀の姿はなかった。

(しまった！　やはり眼を離すのではなかった。悪い予感がする)

秀満は腹心の部下たちを選んで光秀を捜し始めた。


「上様！　上様！」

他の言葉を忘れたかのように光秀はそれだけを繰り返し、信長を捜し続ける。天主を降りた光秀は馬を飛ばした。どれぐらいの時間走り続けたのか、ついに馬は膝を折り、ドーッと倒れ込んだ。

「上様！　上様」

投げ出された光秀はそれでもなお起き上がり、信長を捜し続ける。

ガン！　という衝撃のあと、目の前が赤く染まり顔に激痛が走った。何がおこったのかわからなかった。

「やったか!?」

「まだ息があるぞ。首をとれ！」

耳元で風を切る音がしたと思う間もなく、光秀の意識は暗闇に沈んだ。

「父上！　父上！」

遠くから人声がする。

「まずい、人が来たぞ！」

「首はどうする？」

「死んだのならそれでいい。捨てておけ」

杉原家次率いる黒装束の男たちは、竹林に入り込んで逃げ去った。

「父上！　父上ー！」

光秀を捜してやって来た秀満の絶叫が、竹林を走る風に重なった。


「羽柴殿からの報せでは、上様も信忠様もご無事でいらっしゃるとのことだ」

居城である茨木城で情報収集にあたっていた中川清秀は、秀吉から届いた書状を家臣に見せた。

（いま京から戻ってきた者がはっきりと言った。信長様も信忠様もご無事、脱出して膳所城《ぜぜじょう》（滋賀県）にいる）と書かれてある。

「今日羽柴軍は野殿（現・岡山市）に軍を止め、様子を見ながら沼城（現・岡山市。宇喜多氏の城）まで行くかもしれないとのことだ」

「素早い動きでございますな」

「お主、どう思う？」

「さて」

頭を傾けて家臣は言う。

「信長様と信忠様がご存命であるのなら、いずれ織田家の反撃を受けて明智は滅ぼされましょう」

「うむ。ではもしも上様、信忠様がともに亡くなっていた場合はどうなる？」

「明智を倒した者が、大きな権力を握ることとなりましょう。殿、このぐらいのこと、殿も十分におわかりのはずでしょう。わざわざお訊ねになるなどお人が悪うございますぞ」

「ははは、許せ。己の考えを、人の口を借りて確認したかったのだ」

清秀は深刻な決断を、やけに明るい顔で下す。

「わしは摂津衆として明智殿の配下に属し、世話にもなったが、今や明智殿は逆賊だ。羽柴軍が早くも備中を脱して京都へ迫っているのであれば、わが軍は羽柴軍に合流し、明智軍を倒すことができるであろう。戦には大義名分が必要だ。わしは上様の仇討ちという大義名分を掲げるぞ」

「よろしゅうございます。逆賊の汚名を被って明智殿の味方に付く者は多くはありますまい。利は羽柴方にありましょう」

　清秀は秀吉側に付き、光秀討伐軍に加わることを決めた。


　光秀の死は、長浜城を占領している斎藤利三と、ごく一部の重臣にだけ知らされた。明智家存亡の危機に、兵たちをこれ以上動揺させることを避ける為だった。光秀の遺体は安土城に駆けつけた利三が、その親友海北友松《かいほうゆうしょう》に託すことになった。友松は明智家の菩提寺である坂本の西教寺に、密かに埋葬した。

（なぜこのようなことになったのだろう。何が起こっているのだ）

　埋葬を手伝った利三の側近は、この悲劇を誰かに伝えておきたかった。

（殿が亡くなられたことは誰にも言えぬ。しかし事の顛末は誰かに報せておかねばならぬ。いつか誰かが、本当は何が起こったのかに気づいてくれるかもしれない。そのために、私が知る限りのことを伝えておかなくては）

　彼は同じ内容の書状を、念のため二通したためた。

（この書状を誰に託せばいい？　殿のことを信じ、真実に目を向けようとする者は誰か？）

そうして、二人の男の顔が浮かんだ。一人は美濃の時代から光秀と親交がある、青木重直という今は丹羽長秀の家臣となっている人物。もう一人は、信長の行動を逐一書き留めている、信長の近習で書記役を勤める、太田牛一だった。

（この二通を青木様と太田様の元へ、間違いなく届けてくれる者はいるか。明智家の縁者ではなく、誰にも疑われずにどこへでも行ける者がいい）

考えた彼は、一人の絵描きに託すことにした。狩野光信。武家の出だが現在は画家である友松を見ていて思いついた。絵描きならば、どこの城へ出入りしてもおかしくはない。

（光信殿は殿が目をかけて、坂本城を飾る絵を手がけた若者だ。きっと何も聞かずに届けてくれるだろう）

祈るような気持ちで二通の書状は、光信に託された。牛一は明智家臣から受け取った手紙をもとに、信長・信忠が死に至った過程を信長の伝記の最後の場面として書いた。牛一が信長の生涯を記録していたことは、信長生存の時代から織田家中で有名であった。時が過ぎ秀吉が天下を盗った後、秀吉は牛一が信長の伝記を世に出す前に、信長・信忠の死の場面を強引に書き換えさせた。牛一はせめてもの抵抗として、信長の死の場面を息子信忠の最期に重ねて描いた。伝記を書き換えさせられたことで、牛一は秀吉が真犯人だと気がついた。しかし世はすでに豊臣の時代であった。牛一は沈黙するしかなかった。

「是非に及ばず」。これは信長最後の言葉ではなく、自著を書き換えさせられても抵抗できず、沈黙を守るしかなかった牛一自身の無念の言葉であった。

さらに時を経て、牛一の子孫は摂津国麻田藩主となった青木家に仕えることとなる。明智家から真相の一端を知らされた者同士、牛一の墓は青木家菩提寺の、藩主が眠る同じ墓地にある。

「信孝様、織田信澄が野田城の手前で捕まり、その場で討たれたとのことにございます！」

「おお！　父の敵、地獄へ墜ちるがいい！」

信孝は飛び跳ねるように喜んだ。信長の甥である信澄は、光秀の娘の一人を妻としていた。そのことで光秀謀反に荷担していたと疑われ、織田家臣から命を狙われていた。大坂城の城番だった信澄は、大坂城を脱出して近くの野田城へ向かっている途中で殺された。

「信孝様、信澄は信孝様御みずから討ったということになされればよろしいかと」

「なに？」

丹羽長秀が冷たい声でそう勧める。

「家臣たちに任せずに、みずから仇討ちの功を挙げられたということにすれば、信孝様の御名前はあがり、これからの織田家の中で信孝様のお立場はますます強まりましょう」

信孝の眼がぎらりと光った。

「なるほど。それはよいな。よし、信澄はわしがみずからの手で討ったのだ。この大坂城の千貫櫓に立てこもっていた信澄を討ち取ったのだ。そうだな？　丹羽よ」

「仰せの通りにございます」

「こうして帰ってこられたのはみなのお陰だ。ゆっくり休んでくれといいたいところだが、そうも言ってはおられぬ。ご苦労だが一休みしたら軍団を組み、京都へ引き返すぞ。明智殿を助ける」

岡崎城へ帰り着いた家康はドロドロに汚れくたびれた姿のまま、開口一番そう言った。側近たちはこぞって反対したが家康は強硬に押し通し、慌ただしく軍備を整えると西へと進軍を始めた。しかし山崎開戦には間に合わなかった。明智軍が敗れたとの報せを受けた家康は、六月二十一日、軍勢を岡崎へ引き上げることとなる。

徳川の世になると、家康は京都知恩院を手厚く庇護し、壮大な伽藍を寄進している。

六月六日

「兵たちは着いてきておるか！」

「はっ。途中幾人かは脱落した者がおるようですが、大方の者は走り続けております」

「そうか。どしゃぶりにあいながらもみなよう走っておるようで感心だ。もう宇根（現・兵庫県佐用町）まで来た。わが本隊は明日には姫路城へ着くぞ。後ろの者たちに注意を配り、苦しんでおる者は助けてやるようにせい。すぐに明智との戦が始まるからな、兵は一人でも多く連れていかにゃあならん」

六月四日の清水宗治切腹の見届けを家臣に任せた秀吉は、四日のうちに備中高松を発ち、この六日、すでに姫路まで約五十キロの位置に到達していた。

「おい、信長様が亡くなったという噂はまことらしいぞ！」

「嘘だろ⁉」

「嘘じゃない。すでに柴田様たちは上杉から奪ったこの魚津城を捨てて、北ノ庄城《きたのしょうじょう》（現・福井県福井市）へ逃げる支度を始めているらしい」

「本当か⁉　えらいことだ、信長様が亡くなったということは、俺たち柴田軍はこの北陸で孤立したということか。そうしたら上杉が反撃してくるぞ、すぐに逃げたほうがいい！」

「そうだ、今すぐ逃げよう！」

秀吉が姫路城まであとわずかという頃に、柴田勝家は北陸の地でようやく信長の死を知った。

〈あの明智光秀が謀反だと⁉　わしがこの魚津城を陥した六月三日には、上様はすでに亡くなっていたというのか⁉〉

「殿ーっ！　兵たちが、雑兵どもが夜陰にまぎれて次々と逃げ出しておるようであります」

「ええい、見苦しい！　捨ておけ！」

勝家は顔を真っ赤にして怒鳴った。

「せっかく陥した城だが仕方がない。これより北ノ庄城に全軍退却する！」

北陸にもすでに信長死すの噂が広まり、上杉軍は一揆をけしかけて柴田軍への反撃を仕掛けてきた。勝家は北ノ庄城へ戻ることが精一杯で、京都へ入ることなど考えられない状況に陥っていた。


「うっひょーい！　帰ったぞーい！」

秀吉は馬を降りるやいなや飛び上がってはしゃいでいる。

「官兵衛、帰ってきたなぁ！　こんなに早く姫路に着いたのはおみゃあさんのお陰だ」

「なんの。殿が素早くご決断なさった結果でございまする」

「小六も秀長もようがんばったのぉ」

秀吉は片方に古くからの家臣蜂須賀小六、もう片方に弟の羽柴長秀の頭を抱え込んで大笑いしている。

「いやー、それにしても疲れた。わしは寝るぞ。兵たちも休ませてやれ」

「殿、その前にもう一仕事して頂きたいのです。兵たちに褒美を与えてくださいませぬか」

秀吉は、ぽんと手を一つ叩いた。

「おお、そうだった、大事な事を忘れるところだったわい」

そこかしこでへたりこんでいる兵たちを集めさせると、大声で皆をねぎらい始める。

「みな座ったままでよい、そのままで聞いてくれ。高松城からここまでの長い道のりを、大雨に打たれながらもよくついてきてくれた。礼をいう」

秀吉は深々と頭を下げた。兵たちは恐縮し、地べたに正座する。

「走り通しで疲れているだろう。ゆっくり休ませてやりたいが、これからすぐに逆賊明智光秀を討つ支度を始めなければいかん。六月九日の朝には京都へ向かうことになる。それまで今日、明日はゆっくり休んでくれ。めしも食い放題だ。腹を壊さぬ程度に食ってくれ」

ポンポンと自分の腹を叩く秀吉の仕草に、みな大笑いする。

「付き従ってくれた礼に褒美を分け与える。一人も漏らさず皆に分け与えるからな」

兵たちはおおーっ！ と歓声をあげる。

「蔵の中身を空になるまですべて分け与えるぞ、楽しみに待っていてくれい！」

「おおーっ！ 殿様、万歳！」

「さすがわしらの殿様だ！」

「みんな、殿様にむくいるために必ず明智を倒してみせよう！」

「おおーっ！」

兵たちは疲れも忘れて飛び上がり、万歳を繰り返した。


「さすがに天下人の城だ。これだけの金銀があれば充分に戦える」

安土城内の探索を終えた利三と秀満は、天主閣の最も奥まった一画の、信長が使っていた部屋に戻ってきた。

「やはり殿が亡くなったことは一部の重臣のみ知ることとして、我らが指揮を執り戦うしかないのでありましょうか」

「秀満殿、無理でもやるしかない。殿が上様に謀反したという噂はすでに畿内を越え、遠国にまで広がりつつある。ちまたでは明智狩りと称して、この明智家に縁のある者は誰彼かまわず殺されているとの報せも入ってきている。もはや主君殺しの名を消すことはできぬ。であればその昔、三好三人衆が将軍を倒して京の都を支配したように、そして上様が足利義昭殿を都から追い落としたように、我ら明智家があらたな天下人となることを目指すしか生き延びる道はござらん」

「我らが天下人……」

秀満はかつて信長が座っていた上席を見つめる。

「殿が亡き今、跡取りのご嫡男光慶様はまだ年若く、しかもお身体がご壮健ではない。光慶様だけは何があろうとお守りせねばなりませぬ。無事に明智の家をお継ぎいただくためにも今は殿の死を隠し、降りかかる火の粉を払いましょう」

利三は励ますように、片手で秀満の肩をひとつふたつ、ゆっくりと叩いた。

二人の意志は固まり、明智軍を討つために次々と京都へ進み来る織田連合軍を相手に戦う決意をした。

六月七日

「謹んでお受けいたしまする」

誠仁親王からの勅使として、吉田兼和が安土にやって来た。秀満は親王の親書が載せられた三宝を、頭の上に持ち上げ押しいただく。

「誠仁親王殿下のご下命、確かに承りましてございまする。京の治安の維持に努めますること、主君明智光秀に成り代わりお約束いたしまする」

儀礼通りに親書の受け渡しが終わると、兼和は光秀のことを訊ねてきた。

「日向守殿はいかがなされておいでですか」

「ただいまは近隣の豪族と共に近江周辺の護りを固めるため、軍議に出向いております。勅使殿がおいでになるとわかっていればお出迎えしたのですが……。申し訳ございませぬ」

「いえいえ、大変な時であることは充分承知しております」

「父に成り代わりまして、私が食事など振る舞わせていただきます。至らないこととは存知まするがお許しいただきとうございまする」

「どうぞお気遣いなく」

場所を変えて食事と茶を振る舞われた兼和は、秀満から事の真相を打ち明けられた。

「では、日向守殿は謀反など起こされてはいないと申されるのでございますか？」

兼和は驚きの余りかすれた声を絞り出した。

「はい。お信じになれないかもしれませぬが、いまお話したことが真実にございまする。この数日間の事は悪い夢の中のような出来事で、父をはじめ我ら一同、憤り、とまどっておりまする」

「しかし世間にはすでに日向守殿ご謀反の風説が、確かな話として流れております。信長公の仇を討とうとご子息方をはじめ、ご家臣方が京に向かっているとのことにございますぞ」

「存じております。このうえは戦いに勝ってのち、我らの汚名をぬぐうしかないと、父は決断いたしました」

秀満は落ち着き払って、兼和を正面から見据える。

「朝廷から京の支配を託されたこと、光栄至極に存知まする。我らは戦いに勝ち、京都を統べるあらたな統治者として、朝廷と民たちをお衛りすることをお誓いいたしまする。一両日中に朝廷へご挨拶に伺う所存にございまする。誠仁親王殿下にそのようにお伝えいただけますよう、お願い申しあげまする」

堂々とした態度の秀満を見て、兼和も返礼する。

「よくわかりました。親王殿下にそのように申し伝えましょう。では私は京に戻り、お待ち申し上げます。日向守殿にはどうぞよろしくお伝えくださいませ」

城を出た兼和は、震える足で城下を歩いた。

（日向守は前右府を討ったのではないという。では一体誰が前右府を討ったのだ⁉　そしてそやつは今どこにおるのだ⁉）

この話を持って帰ると朝廷は大騒ぎになるだろう。先の読めない不安に兼和は怯えた。

同日六月七日
「五日前……。五日も前に上様が亡くなられたというのか」

この日やっと京都からの報せを受けた滝川一益は、陣中で立ち尽くした。

「やはり上州は遠い」

一益は西の方角を向いて手を合わせたあと、「おい、どうする」と、報せを運んできた家臣に声をかけた。

「上様亡き今、我らはこのような遠国で孤立してしまった。上様と同盟を結んだ北条は今すぐにでも同盟を破り、牙をむいてくるかもしれぬな。手に入れた武田の領地も上様のご威光で押さえておれたが、いつ反乱や一揆が起きるかもしれぬ。周りは敵ばかりだぞ」

　わざと脅すようなことを言われて家臣は言葉もなく青ざめるしかないが、一益はどこか楽しそうだった。

「明智が謀反か。ならばたとえ間に合わずとも、上様の仇討ちに駆けつけるしかないではないか。六十にもなろうとしているわしは、こんな遠国にやられた時点で死んだも同然だ。死ぬ気で帰り着いてやる。おい！」

「はっ」

「おまえもしっかり着いてこいよ」

「ははっ」

　六月九日
「よーし、皆の者、出陣じゃあ！」

　秀吉は馬の鞍の上で小柄な身体を飛び跳ねさせて、号令をかけた。

「姫路城の留守はお主らに任せたぞ！」

　留守番衆に声をかけ、「さぁーっ、進め！　進めー！」と、何度も大声を出す。

（いよいよだ。いよいよ俺の名を天下に知らしめる時がきた。俺の勇名の陰で光秀の名は、卑怯

な裏切り者として永遠に貶められるのだ。お前に荷担した者は、一人残らずこの世から抹殺してやるぞ)
秀吉は信長を追い払ったこともさることながら、光秀の名を汚すことに無上の喜びを感じていた。

「殿！　殿！　お戻りくださーい！」

小舟の上から浜の方を見ると、伝令が呼びかけている姿があった。

「おお！　いま行くぞー！」

船頭に向かって浜へ戻るよう秀吉は言った。

「のんびり魚を釣る暇もないわい」

ほどなく浜へ着いた秀吉は、応急で作った岩屋砦(現・神戸市灘区)へすたすたと入っていった。岩屋は昨日野営した兵庫の湊から、もう少し東(摂津方向)へ移動した位置にある。戻った秀吉は届けられた書状を受け取った。

「おうおう、筒井順慶が明智方から寝返りおったぞ」

秀吉はククと忍び笑いをもらす。

「細川も筒井も数に入らぬとあっては、明智方はさぞかし先が恐いであろう。気の毒なことよ」

「それにひきかえ我が方は」と言いながら、中川清秀からの書状を取り出し眺める。

「どれ、わが方に付くと言う中川に返事をしてやらんとな。明日ここを出立して、その日のうちに西宮あたりに着くと報せてやろう」

秀吉は宙を見ながら指を折り日付を数える。

「明日は西宮を通り、尼崎城あたりまで行けるか。明後日は尼崎城を出て、そうだな、富田御坊《とんだごぼう》（現・大阪府高槻市・浄土真宗本願寺派本照寺）に陣を置くとするか」

こどもが祭りの日を指折り待つように、秀吉は日にちを数える。

「富田御坊で軍を整え、そうだな、大坂城にいる信孝と丹羽長秀を呼びつけてやろう。弔い合戦の旗印は要るからな」

秀吉はゴロリと仰向けに寝ころんだ。鼻歌まじりに、天井を見るともなしに見ながら計画を立てていく。

「わが軍と明智軍がぶつかるのは、天王山のふもと、山崎あたりだな。ククク」

秀吉の忍び笑いは止まらない。

「明智は組下だった細川、筒井から見放された。池田恒興、高山右近、中川清秀……摂津衆もみな明智を見放した。お前を捨てた者たちが、みな俺のところに集まってきたぞ、ククク。俺の抱える兵数は明智の二倍三倍も多いのだ」

秀吉は大の字になって、これからの戦闘を夢想する。

「今こそ明智家を根こそぎ消してやる時だ。できることなら、生きているお前の絶望に打ちひしがれる顔を見たかったぞ。それだけが心残りだ」

秀吉は一人、嗤い続ける。

「お前の配下だった者はそのほとんどが離れた。お前の人望とやらが大したものではなかったことが証明されたというわけだ。お前は信長に取り入ることがうまかっただけのつまらないやつだ。所詮この俺の相手ではなかった。そんなやつに広大な領土を与えていた信長は見る目がなかった。本当なら最も出世し、最も高い評価を得るのは俺のはずだったのに。光秀、お前のせいで俺は不当な評価しかされてこなかった。この報いは受けてもらうぞ」

光秀の顔を思い浮かべ、秀吉の心中にまた怒りが込み上がる。

「どうして馬鹿なお前が大きな顔をして、信長一番の気に入りのような立場に立っていたのだ。俺の方がはるかに優れた頭を持ち、実行力も人望もあることはこうやって証明されただろう。なぜみな簡単に光秀のような偽者に騙されていたのだ⁉　真に優れた本物はこの俺だというのに！」

秀吉は光秀や信長だけではなく、自分以外のすべての人間のことを見下している。

「俺は誰よりも頭が良く、何事においても誰よりももうまくやれる。その証拠に底辺の身分からここまで出世した人間など、他に誰もいないではないか。日ノ本一の出世頭となるのは俺を置いて他にいない。そんな有能な俺の邪魔をした光秀は、当然の報いを受けたのだ」

そう思い今まできた秀吉は、さらに光秀への報復を考え続ける。

「本当の評価を受けるべきはこの俺ただ一人だ。俺が受けるべきものをお前が盗んでいた恨みは絶対に晴らしてやるぞ。真の英雄であるこの俺を差し置いて俺の前に立ちふさがろうとしたお前は、死んでなお罰を受けなくてはならぬ。これから俺が、お前に本当にふさわしい、阿保の裏切り者という烙印を押してやる。あの世で楽しみに待っていろ、ククク……」

秀吉の嘲笑はいつまでも止まなかった。

「おおーい！　中川殿ー！」

尼崎に羽柴軍が到着した。

「羽柴殿ー！」

清秀の姿を見つけた秀吉は馬から飛び降りて走り出した。つられて清秀も駆けだしていく。

「いやー！　中川殿ー！」

秀吉は清秀に飛びつき、

「あっはっはー！　お会いしとうござった！」

暫くのあいだ抱き合い喜びを表わした二人だったが、

「いやいや、上様が亡くなったというのに大声をあげて笑うなど不謹慎でござった。久方ぶりに中川殿にお会いできた嬉しさについ」

頭をかく秀吉に、清秀も「いや、お互い様」とこたえる。

「上様の仇討ちの戦、必ずや勝利するよう中川殿、お願い申す」

「無論でござる。勝って上様にご報告いたしましょうぞ！」

「それにしてもよくご決断なされましたな。中川殿は明智の下で働いておられたゆえ、もしも取り込まれていたらどうしようかと心配いたしましたぞ」

「確かに拙者は明智配下におりましたが、それは上様に命じられてのこと。主人を殺したような男に義理立てするいわれはござらん」

清秀は心外だと言わんばかりに鼻息を荒くした。

「それを聞いて安心いたした。明智は家臣をいたわる男だと聞いておったゆえ、もしかすると情にほだされて中川殿がやつに味方したらどうしようかと思っていたのだが、やはり明智には真の人望などなかったということですな」

「娘を嫁がせた細川家でさえ明智を見放したのですから、拙者が味方するわけがない」

「そうですな。わははは」

（なぜこれほど単純にひっかかってくるのだろう。こいつは阿呆か）

すべてが自分の策略通りに動いていく。秀吉には他人が馬鹿に見えて仕方なかった。信長が命を落とすように仕掛け、光秀が犯人だと思われるよう、ちょっと仕組んでやっただけなのに、あとは他人が勝手に（主の敵討ちをするのだ）と息巻いて、明智軍を倒せ、と集まってくる。この分だと羽柴の兵を使わなくとも、こいつらが明智軍を倒してくれそうだ、と秀吉は腹の中で舌を出す。

（坊主丸儲けとはこのことだな。みな、ご苦労なことだ。何も頼んでおらぬのに、誰もが俺のために骨折ってくれるわ）

秀吉は「信長を殺せ」などとは、一言も命じてはいない。配下の者が勝手に信長を殺しただけである。光秀に濡れ衣を着せろとも、誰にも命じてはいない。信長の周囲に光秀以外の重臣が誰もいない時、絶妙の時に信長が死んだだけのことである。

（みな周りが勝手に動いただけだ。俺は何も悪くはないぞ。俺はただ、誰をどこへやればどう動くかを見切り、動くようにお膳立てしただけだ。俺が命じたわけではない）

秀吉は罪悪感などというものは一切持ち合わせていない。誰かに動かされる他人のことを間抜けだと思うだけである。そもそも誰のことも信用してはいない。だから当然、謀反の企みも誰にも打ち明けてはいない。自分より頭の悪いやつらのことを、どうして信用することなど出来るものか。

（さて、俺のために働いてくれるお人好しどもを、お望み通り戦場へ連れていってやるとするか）

秀吉はほくそ笑みながら彼らをとりまとめ、決戦の地へと移動してゆく。

六月十二日

富田の町に集まった摂津衆に、秀吉からの触れが回る。

「羽柴殿からのお触れにございまする！　富田御坊にて軍議が開かれまする。ただちにお集まりくださいませ！」

摂津衆は秀吉のもとへ、押すな押すなとはせ参じていく。

「いやー、皆様方、よくこの筑前の為に集まってくだされた。礼を申しますぞ」

身体に見合わない大きな扇子をゆるりと使いながら秀吉は言う。「信長の為に」ではなく「筑前の為に」と言った意味に誰も気付いていない。言った本人も気が付いてはいないだろう。

富田御坊の大広間の上座に、秀吉は鎮座している。身分の上下を決めない円座ではなく、大将が位置する上座に秀吉が座り、その左右に臣下の礼をとった武将たちが居流れる形である。

「あらためて申すまでもないが、六月二日早朝、京都本能寺において明智光秀が謀反を起こし、上様を亡き者にしてしまった。我ら織田家臣一同力を合わせ、上様の敵を討たなくてはならぬ。逆賊明智光秀を討つため、ぜひこの筑前に力をお貸しいただきたい。お願い申す」

秀吉は形だけ頭を下げたが、すでに光秀討伐軍の指揮官としての振る舞いがあからさまである。

「ご存じのようにこの筑前、織田家の中では新参者ではござるが、上様から目をかけられ、多くの兵を預かっておりまする。ここ数年は西国討伐を行い、備前国、伯耆国といった西国の兵たちの多くがわれのもとに従っておる。また海に目をやれば、村上水軍、三好水軍も組下に従えておる。この約三万の兵馬を持つ筑前に皆様のお力を加えれば、間違いなく明智を倒し、上様のご無念を晴らすことができましょう。なにとぞ筑前にお力をお貸し願いたい」

秀吉は筑前筑前と、やたらと官職名を連呼する。

「異論はござらん。明智に劣らぬ軍勢を持つ武将といえば、羽柴殿の他には柴田勝家殿ぐらいであろう。その柴田殿が未だ北陸戦線から戻らぬのだから、羽柴殿が明智討伐の指揮を執られるのがもっともでござろう」

「拙者も池田殿に賛成にございまする」

「無論、拙者も」

羽柴を除いた中で最も有力者である高山右近と中川清秀が賛成したことで、秀吉がするすると指揮官の座に収まった。

「皆様、今一度お礼を申しまする。ではこれより軍議に入りまするがよろしいですかな」

一同、うなずいた。

「明智軍とぶつかるのは、この山崎の町になる」

座の中央に大きめの地図が開かれ、軍議が始まった。

「偵察に放った者の報せでは、明智軍は山崎のふもとを流れるこの円明寺川《えんみょうじがわ》の北東に布陣しているとのこと」

秀吉は扇子で地図を指し示す。みなの注目が、秀吉の手の先一つに集まる。

「そこで我が方は天王山に本陣を置き、最前線をふもとの山崎とする。この最前線に布陣して我らの先鋒を務めるのは……」

「そこは拙者にお任せ願いたい」

秀吉の言葉に間髪を入れず、高山右近が手を挙げた。

「いや、そこはぜひ拙者にお任せを！」

負けじと中川清秀も声を出す。右近は秀吉に、ずいっとにじり寄り言う。

「羽柴殿、亡き上様に目をかけられたパードレ・オルガンティノ様をご存じですかな」

「うむ。名前ぐらいは聞き及んでおりまするが」

「そのオルガンティノ様が拙者に下さった書状がござる。その書状には〈絶対に裏切り者の明智に従ってはいけない。それがデウス様の御心である〉と書かれております。デウス様の名のもとに、拙者は明智を倒すと誓いましょう。ですから先鋒はぜひ拙者にお任せいただきたい」

「いやいや、主人の敵を討つのに異国の神も何も関係ない。拙者は長く上様に目をかけていただいた御恩をお返ししたい。ここは拙者に先鋒をお任せ願いたい」

清秀が負けじと身を割り込ませながら訴える。一番大きな武功を挙げた者に、最も多くの褒美が与えられ、その行く末が有利になる。右近も清秀も必死だった。

「悩みますなぁ。高山殿も中川殿も、勇猛さはどちらも甲乙付けがたい」

秀吉は頭を抱えたが、やがて、「古来より先鋒はその場所に最も近い場にいる者が務めると決められております。よってこのたびは、領地高槻が山崎に最も近い高山殿に務めていただきましょう」と、言い、パチンと扇子を閉じた。

「ありがたい！　謹んでお受けいたしまする」

右近は目を輝かせて一礼し、清秀は苦々しく腿をこぶしで一度叩いた。

その後は細々としたことが取り決められて、軍議は滞りなく終わった。

「では拙者はここ富田御坊で、信孝公と丹羽長秀殿をお待ちいたす。その後天王山の宝積寺に置いた本陣にお二人をご案内するつもりでござる。みなさま、信孝公にお見せして恥ずかしくない戦いぶりをお見せくだされ」

「無論、明智の兵を一兵たりとも本陣に近づけはいたしませぬ。この高山右近にお任せあれ！」

「天王山のふもとはこの中川清秀が死守いたしますぞ。信孝公が天王山にお登りになる前に、戦さの決着をつけてみせまする！」

「はっはっは！　皆様実に頼もしい。それではいざ、ご出陣あれい！」

軍議が終わるとすぐさま高山、中川、それらに続く武将たちは出陣していった。

「ご武運を！」

「勝利をお祈りいたしまする！」

富田御坊の門前で、秀吉は羽柴本隊の兵士たちとともに先鋒の軍勢を見送った。土煙をあげて大軍が進軍してゆく。家紋を染め抜いた軍旗をひるがえし、隊列は一直線に戦場となる山崎を目指していった。

「さて、官兵衛」

摂津衆が出陣して広々とした本堂に戻った秀吉は、軍師を呼んだ。

「信孝公にはこの富田御坊へおいで頂けるよう、使いを出しておろうな」

「はっ。この戦の旗頭となってくださるようにと、丁重にお誘いの書状をお送りしております」

「よしよし。信孝公のもとにいた寄せ集めの軍勢はほとんどが逃げ出して、残っているのはせいぜい五千ほどか。それでも明智との戦に備えて加えておきたい数ではある」

「何より上様の仇討ち戦という名目上、織田家の方にはぜひともおいでいただかなくてはなりませぬゆえ、それは丁重にお誘い申しております。しかし戦さは信孝公が到着する頃には、決着をつけておかなくてはなりませぬ。無論おわかりでございましょう」

官兵衛は目を細めてささやく。

「ははは、もちろんだとも。明智討伐の手柄を渡すわけにはいかぬからな。信孝公はただの旗印。実際の名誉はこのわしが手にするのだ」

秀吉はあらためて地図を広げ、天王山を指した。

「信孝公と丹羽殿が来たならば、天王山の中腹の宝積寺に置いた本陣へ案内する。おそらくその頃には戦の勝敗は決まっているであろう」

秀吉は「ふふふ」と思い出し笑いをする。

「高山右近と中川清秀が先を争って出陣して行きおった。両名とも先鋒の手柄を立てようと必死で働くだろう。特に高山は、明智を倒すことがデウスとやらの意に叶うと信じておるようだ。死にもの狂いで戦うだろうよ」

口にした後で秀吉は、官兵衛がキリシタンに傾倒していることを思い出した。

「いや、気に障ったか。悪気はなかった、許してくれ」

頭をかいて謝る秀吉に、官兵衛は怒る気になれなかった。

「殿、このくらいのことで怒るなどいたしませぬ」と苦笑してみせた。

「殿の仰せの通り、高山殿と中川殿が先鋒争いで火花を散らして戦うことはまず間違いありませぬ。しかし明智軍も後のない戦い。しかも戦上手で鳴らした明智軍のこと、簡単に負けることはないでしょう。ですが戦いが長引けば必ず疲れが出て参りまする。明智軍には後続の隊はない。比べて我が方には先鋒に続く中軍があり、その後ろには殿と信孝公が合流した本隊も控えておりまする。ねばり強く戦えばよろしいのです」

「よし、大丈夫だ。官兵衛、わしは勝つぞ！」

秀吉は立ち上がり、だんだん！　と、四股を踏んだ。

（信孝のやつ、一万二万の兵を与えられても宝の持ち腐れであったな。残りの兵をかき集めてさっさと俺の元に来るがいい。俺が戦のやり方を教えてやろうではないか）

足を振り下ろしながら、もうすぐそこに迫る明智家の崩壊が楽しみで仕方なかった。

（自軍の勝利が決まったら、明智軍の残党は一人残さず狩りとってやろう。本能寺で起こったことの生き証人は、生かしておいてはならぬ。名のある重臣たちはむろんのこと、雑兵も余さず狩り尽くしてやる。勝ってしまえば敗者のいうことなど、世間の誰も耳を傾けまい。一人二人生き残ったとてこちらは痛くも痒くもないが、俺の邪魔をし続けた光秀の家臣をいたぶるだけでも楽しみだからな）

思い切り大きな音を立てて床を鳴らしながら、秀吉は腹の中で明智と名の付くすべてを踏みつぶすつもりでいた。

六月十三日
午後四時頃から始まった戦闘から一刻《いっとき》（約二時間）後。

（そろそろ潮時か）

明智軍の先鋒を引き受けた斎藤利三軍は、高山・中川の軍勢を相手に善戦したが、そこへ戦場を大きく迂回して池田恒興軍が襲ってきた。斎藤軍の雑兵が逃げ出したのをきっかけに、明智軍の主力は総崩れとなった。織田信雄軍の来襲に備えて明智秀満軍を安土城に残して置いた為、明智軍は戦力を大きく欠いた状態で決戦に臨んだことが、敗因の一つだった。

（殿、申し訳ございませぬ。明智家を支えた重臣たちは、みな討ち死にいたしました。拙者は安土へ参りまする。もしも安土にたどりつけたならば、秀満殿とともに再起を目指すつもりにございまする）

斎藤利三はわずかになった兵をとりまとめ、戦場から落ち延びていった。

しんがりを務めた諸将も討ち死にし、光秀が作り上げ、織田家最強と謳われた明智軍は、無惨に散った。

「うわー！　助けてくれー！　恐い、恐いよー！」

侍たちが戦う戦場に、一人の農民のような若者が混じっている。形だけは防具を身につけ刀を持たされているが、おびえ逃げまどうばかりで、どう見ても訓練された様子はない。

「なんでや、おらはなんでこんなところにおるんや。殿様のお役に立ちたいと言っただけやのに、こんな戦の真ん中に放り込まれるなんて、なんでなんや」

若者は地面に転がる物に足をひっかけて転んだ。見るとそれは死体だった。

「ひ、ひえー！」

腰が抜けてそのまま動けなくなった。ふと頭の上が暗くなり、見上げると大きな男が刀を振り下ろしてきた。口を開けて絶叫し、若者ははいずりながら逃げ回ったが、斬り刻まれてずたぼろの固まりとなり果てた。

「ゴロを最前線に放り込んでおけ」

若者はその一言で使い捨てにされた捨て駒だった。殿からは、最後まで本当の名を呼んではもらえなかった。


「おお！　信孝様、よくぞ参られました」

富田御坊で信孝と丹羽長秀を迎えた秀吉は、地に膝をついて信孝の手を押し抱き、何度も繰り返し礼を述べる。

「織田家の御曹司信孝公においでいただき、我が軍の勝利は間違いなし！　いやぁ、実にありがたい！」

他の武将たちはみな出陣し、富田御坊には秀吉の本隊以外は残っていない。

「ささ、信孝公がいらしたお陰で千人力だ！　兵たちも喜びますぞ。いざ戦場へ参りましょう」

軍議は信孝の到着前にすでに終わり、出る幕のない形となった信孝と丹羽長秀一行は、秀吉にうながされるまま天王山の宝積寺へと移動した。

「筑前、戦いはどうなっておる」

「は、あともう少しで明智の息の根を止めることができまする。ほれ、ご覧なさいませ」

戦場に近づくと、羽柴軍はすでに敗走する明智軍を追撃にかかるところであった。

「明智軍が逃げて行きますぞ、ほほほ」

公家のように気色の悪い笑い声をあげた秀吉は、家臣に命じて見晴らしの良い場所に織田家の旛を掲げさせた。抜かりなく羽柴の旗も並べて立てさせる。

「信孝様のご威光に恐れをなして、明智軍はもはや逃げる他ない有様でございまする。信孝様、見事にお父上の仇をおとりなさいましたな。おめでとうございまする」

秀吉はまた信孝の前に伏し、大仰に頭を地に付けてみせる。

「う、うむ。そちが力を貸してくれたお陰だ。礼を言う」

「さあ、後は逃げ出した敗残の兵どもを狩りに参りましょう。明智狩りでござる。ほっほっほ！」

日が暮れて篝火が盛大に燃やされる頃、山崎の戦いは終わりの刻を迎えた。


「光秀はまだ見つからぬか！」

「はっ。総崩れとなった明智軍は散り散りばらばらに敗走しております。御坊塚の明智軍本陣も突き崩し、一人残らず討ち取ってございます。ですが光秀はすでに本陣を離れて近くの勝龍寺城へ逃げ込んだ後で、さらにそこから夜陰にまぎれて脱して行ったという報告がございます。ただいま兵をそちらへ集中させております」

山崎の麓に陣を移した秀吉のもとに、続々と報告が入る。

(羽柴め、仇討ち戦の指揮官きどりでおるな。嬉しそうに差配しておるわ)

すっかりお飾りとされた信孝は不満げに座っているしかない。隣に控える丹羽長秀も同じだった。秀吉は素知らぬふりをして指図に集中している。

「殿、借り上げた山崎の町の寺院だけでは怪我人を収めきれませぬ。亡くなった我が軍の者たちを安置しておく場所も足りませぬ」

家臣の報告に秀吉は盛大に眉をしかめ、隣に控える軍師に訊ねる。

「官兵衛、気に入らぬ。我が方の死傷者がなぜこんなにも多いのだ」

「さすがに明智軍は戦上手だったということですな。両軍における兵の損害は、おそらく互角でありましょう」

かろうじて勝利した羽柴軍も損傷は大きく、両軍の死者は後から数えてみたところそれぞれ三千数百人ずつと、ほぼ同数の戦いだった。

(ええい、明智め！　最後までわしの足を引っ張りおって)

「どこでもよいからとにかく場所を借りあげろ！　嫌がるなら無理矢理にでも追い出してしまえ。あとから適当に銭を配っておけばよい。死者の弔いは後回しだ。亡くなった者への手向けとして、明智の残党は一人残らず狩り尽くせ！」

眉をつり上げ指示を出した秀吉は、身体をくるっと反転させて陣屋の奥へと進む。顔には口角をつり上げた笑顔が張り付いている。

「信孝様」

秀吉は信孝の前にひざまずき、おごそかに告げる。

「上様の仇、光秀めの首をもうすぐにお持ちいたしまする。今しばらくお待ちくださりませ」

「うむ」

信孝は苛立ちを押さえ、鷹揚さを見せるように一つうなずいた。

六月十四日
「殿ー！　光秀の首が届きました！」

本陣に飛び込んで来た伝令の声に、一同が沸く。

「おお、おお！　早く運んでまいれ、信孝様にお見せするのだ！」

秀吉は飛び上がるように陣屋の出入り口まで走り、手を叩いて運ばれてきた首を迎える。しきたりに従い首実検の儀式を行うために、早速白木の台が設えられた。届いた首入りの桶は、秀吉お抱えの陰陽師によって開けられた。

「信孝様、さあご実検なされませ」

秀吉はまず信孝に中身をあらためさせた。

「……」

信孝は無言で目をそむける。次に秀吉が実検する。

「この首、すでに腐敗が始まり、しかも顔の皮がほとんど剥がれておりますが、光秀の首に間違いございませぬ」

　秀吉は信孝に告げる。

「拙者のもとに届いた知らせによりますと、この首は山狩りを行った農民たちが見つけたそうにございまする。光秀は勝龍寺城を脱した後、坂本城へ向かおうとしたのでしょう。見つかった場所は、勝龍寺城から坂本へと向かう道筋の山科、醍醐あたりの竹藪の中であったそうで。村の者を呼んでおりますので直接話をさせましょう。よろしゅうございまするか？」

「かまわぬ」

「よし、入れ」

　室内に入れられた農民数名は、地面にはいつくばって顔を伏せた。

「おまえたちが見つけたことに間違いないいな」

　秀吉が問うと、代表格らしい男が
「へ、へえ」と、声を絞り出した。

「詳しく話してみよ」

「へえ。わしらが竹藪をつついておりましたら、首のない死体が転がっておりました。はじめは腰を抜かしたんですが、よくよく見ると立派な着物を身につけておりますので、これは名のある大将に違いないと、あわてて首を探しましたので」

男は覚えてきたせりふを喋るように、あせりながらも一息に話した。

「な、そうだな」、と男が他の者に声をかけると、みな「うんうん」と頭を下げたまま首を動かす。

「それで近くに掘り起こしたあとがあって、掘り返してみたら首が出てきたのだな？」

「へ、へえ。その通りにございます」

「よし、もういいぞ。褒美は後で届ける」

村人たちはそそくさと出て行った。

「この通り、首の皮は剥がされておりますが、身につけていたものや身体の特徴から、光秀の首に間違いございませぬ」

秀吉は桶から首を取り出し持ち上げると、ゆっくりと信孝の前に近づいた。

「おそらく光秀は残党狩りに遭い、身体に傷を負っていたのでしょう。最期は傷により死んだか、従者にとどめを刺させたかのどちらかでしょう。従者は主人の光秀が死んだことを隠したい。そのため顔の皮を剥いだのでしような。しかし誰の首だかわからぬようにしたこと、その行い自体が光秀の首であることを証しているのと同じこと。そうではございませぬか？」

秀吉は信孝のすぐ目の前に、ゆっくりと首を差し出した。

「う、うむ。そうだな」

信孝はさすがに目をそむけ、袖で鼻と口元を押さえる。

「それは間違いなく光秀の首だ。早く儀式を済ませるがよい」

「信孝様、お父上の仇光秀の首は、見事に落ちてございます。おめでとうございまする」

首を高々と掲げたあと、秀吉はようやっと台の上に戻し、陰陽師に儀式を行うよう告げた。

首を届けた農民たちは、地元の村に差し掛かったところを小栗栖城主・飯田家家臣に斬殺された。

「竹藪の死体は我らが見つけたものだったのに、農民が見つけたことにして届けろとはどういうわけだったのだ」

「知らぬ。余計なことは詮索するな。こいつらのように消されるぞ」

「わかった」

農民たちの死体は適当に竹藪の中に放置することにした。村には野盗に襲われたとでも噂を流しておけばいい。

飯田氏から不審な死体があると報告を受けた秀吉は、光秀の影武者の死体であろうと見当をつけた。秀吉は光秀の死を徹底的に貶めようと、武士の手にかかったのではなく、農民により惨殺されたことにした。

（光秀、お前は武士により殺されたのではない。名もない土にはいつくばる地虫のような農民の手で、情けなく殺されたのだ。悔しいか？　ははは！）

秀吉の高笑いはいつまでも続いた。

六月十五日

（坂本へ帰ろう）

安土城で明智軍敗退の報せを受けた明智秀満は、愛馬にまたがり堀秀政軍の追跡を交わし、坂本城へ入った。

「みな、今までよく仕えてくれた。逃げることのできる者は逃げのびるがよい」

秀満は手元に残った軍資金を、すべて家臣たちに分け与えた。

「明智の者は生き延びたとて、困難な生涯を送ることになるだろう。しかしなんとしても殿の血筋を絶やしてはいけない」

秀満は妻にむかい言った。

「この子に運があるなら、天がお守りくださるだろう」

「はい」

光秀の娘である妻は、我が子の寝顔をじっと見つめ、それから秀満に向き直ってうなずいた。

二人の間に生まれたただ一人の子である長男は、黄金十両とともに姥に預けられ、坂本城から落ち延びていった。まだ二歳のその子どもは密かに細川家に引き取られ、叔母である珠子によって育てられる。

「今から城に火をかける。殿が心血を注いで造られたこの坂本城とともに、われらも逝くのだ。よいか？」

「はい。身体の弱い弟(明智光慶。光秀の長男)は、この混乱に耐えきれずに亡くなりました。わたくしも早く後を追ってまいりとうございます」

秀満は堪えきれないように下をむき、くっ、と嗚咽をこらえた。それからすぐに腹に力を込めて顔をあげ、「よし。では、最後のお勤めをしてくる」と立ち上がった。

秀満は坂本城所蔵のすべての宝物に目録を添えて、城を取り囲む堀秀政軍に差し出した。

「寄せ手の人々に申し上げる！」

荷物を城から出したあと天守に上った秀満は、堀秀政に向けて叫んだ。

「これらの道具は私の物としてはいけない、天下の名物である。ここで城とともに滅してしまえば、この秀満を人々は傍若無人と言うであろうから、これらはお渡し申す」

「最期という時になんという男だ」

秀政は感じ入り、秀満の最期を見守ることにした。

この坂本城の天守閣は、信長が安土城の「天主」を造る前に光秀に命じて造らせた、日本初の天守閣である。信長はまず建築の名手光秀に天守閣を造らせたのち、安土城を築いた。そうしてみずからの住む場所を「天主」と呼んだ。

「宝物と目録を照らし合わせ、間違いないか確認するのだ」

宝物は一つずつ丁寧に箱に詰められて、くくられた紐で天守から下へと降ろされてきた。秀政軍はすぐさま攻撃には移らず、宝物と目録を確かめる作業を行った。

「明智殿！　確かに目録に相違ござらぬ。ただ一点、日頃より日向殿が秘蔵されていた郷吉広《ごうのよしひろ》の脇差しが見あたりませぬが、いかがなされた？」

秀政が天守の秀満に大声で問いかけたところ、すぐに返事が返ってきた。

「郷吉広の脇差しは、わが殿日向守が信長公から拝領した道具でござる。日向守が特別に秘蔵されていたものであるゆえ、この一点だけはわが腰に差し、死出の山で日向守にお渡ししたく思う。この事はどうか御心得あれ」

「わかり申した！」

秀政の声は心なしか潤んでいた。

妻と一族を刺し殺したあと、秀満は城に火を放ち、切腹して果てた。琵琶湖の湖面には、秀満が灯したあかりがいつまでも揺れていた。

六月十六日
（天主が焼け落ちている……）

「本能寺で上様が亡くなられたあと安土の町は混乱に陥り、火の手が上がったそうにございます。その時点ではこの天主閣は無事であったようなのですが、昨日のこと、何者かにより城に火が放たれ、天主の一部が焼け落ちてしまったらしいのです」

信孝はただ呆然と天主を見上げた。隣に立つ秀吉の話は耳を素通りしていった。

（あの父が本当にいなくなったのか）

信長の権力の象徴だった安土城の無惨な様子を見た信孝は、はじめて父の死を実感したのかもしれない。

「信孝様、拙者はこれより長浜城へ戻りまする。長浜を占領していた明智軍はすでに消え失せましたが、一度戻って町衆を安心させてやりとうございまする」

「あ、ああ。ところで信雄はどうしておるのか」

やっと秀吉の方を向いた信孝は、信雄の動向を気にした。

「さあ、はっきりとはわかりませぬ。明智が滅んだ報せはそろそろあちらにも届く頃ですので、そのうちこちらにおいでになりましょう」

〈あの阿呆め、今さら来ても遅いわ〉

信孝は父の仇討ち戦に加わらず、伊賀あたりで無駄に時を過ごしたらしい兄を、心の中でののしった。

「信孝様、それではまた後日お目にかかりまする」

秀吉は信孝軍と別れ、慌ただしく去っていった。

（ああ、間抜けな信孝の顔を見ていると、おかしくて吹き出しそうになったわい。何も知らぬとはいえ、阿呆づらをさらし、口を開けて天主を見上げることしかできぬのか。お前の命運は、それ、すぐ隣にいた俺の手の中にあるというのになぁ、ククク）

大手道を下る秀吉は深く息を吸い込んでみた。焼けた屋敷から漂う焦げ臭い匂いが、なぜか甘く感じられた。

六月十七日

「おい、よく見ろ。あれが逆賊光秀の首だ」

馬に乗せられ市中引き回しにされている斎藤利三に、処刑役人が声をかける。火をかぶった跡もまだ生々しい本能寺の山門に差し掛かった時だった。

「あれが殿の首だと？　ははは！」

山崎で敗退したあと坂本城へ向かう途中、利三は坂本城に近い近江の堅田で羽柴軍に捕まった。光秀の配下だった堅田の武将猪飼野秀貞《いかいのひでさだ》が裏切り、利三の居所を羽柴方に密告したのである。捕まって拷問を受けた身体で引き回されながらも、利三は胸を張っていた。光秀の首とされるものを目にした利三の口元には、笑みがあった。

「我が友よ、感謝する」

六条河原で処刑される寸前、利三は集まった群衆の中に親友海北友松の姿を見つけた。主君の首を預けた友に見守られながら、利三は死んでいった。

六月十八日

ぞろりぞろりと吉田神社に公家衆が集まってくる。鴨川を挟んで御所の東、吉田山のふもとに平安京の昔から鎮座する吉田神社の神職は、代々公家の吉田家が務めている。五摂家筆頭らしく最後にゆるりと現れた近衛前久は、現在の神主である吉田兼和に案内されて社務所の奥へと通された。前久はなじみの公家たちを見回した。

「吉田殿、えろう急な呼び出しだが、皆集まっておるようだな」

「はい、近衛様。筑前守が美濃から岐阜へと明智の残党狩りに赴くための先勝祈願を行う本日、参殿を許された上位の公家衆のほとんどがご参加なさるようでございます」

「いまや筑前守が明智に代わり、織田家臣の筆頭になったといわれているようだからな」

「まこと、世の中何がどうなるかわからぬものでございます」

「この暑さの中、残党狩りとはご苦労なことであるの」

「はあ、まったく」

梅雨が明けきらぬこの日、まとわりつくような湿気の中を出席せねばならなかった公家衆はみな迷惑顔である。誰が好き好んで羽柴風情の先勝祈願などしたいものか、次に権力を握りそうな者をうまくおだてておく為に仕方なく来ているのだと、どの顔にも書いてある。

「羽柴筑前守殿が参られました」

暑い暑いと文句を言い合ううちに、吉田家の家人に導かれた秀吉が姿を現した。今から出陣するかのような真っ赤な陣羽織を身につけて、肩を揺らして歩いてくる。何が入っているのか、布に包まれた大きめの荷物を両手で抱え持っている。部屋に入った秀吉は荷物を無造作に置き、その横にひょこりと座った。

「筑前殿、よう参られました」

兼和が神主として挨拶をしたのに続き、公家衆が口々に武功を褒めそやす。

「皆様、お暑い中この筑前の為にご足労いただき、もったいのう存知まする。近衛様にまでお運びいただき、恐縮にございまする」

秀吉は上目遣いで前久を見るとそう述べた。

(好きで成り上がりの猿風情の為に集まったのではないわ)

前久を含めここにいる誰もが腹の中でそう毒突いた。秀吉の言葉、振る舞いの一つ一つを気難し気に注視しながらも、みな取り澄ました顔を崩さずにいる。

前久は無表情のまま「このたびは逆賊明智光秀を討ち前右府の仇をとったこと、見事であった」と当たり障りのない挨拶を返してやった。

「近衛様、お褒めのお言葉、もったいのう存じまする。戦に勝利できましたのは、主上をはじめ、ここにおられる皆々様のお陰にございまする。改めて御礼を申し上げまする」

「いやいや、短い日にちで遠い中国から京都へと引き返し、明智軍を打ち破ったのは見事な活躍であられた」

前久がそう述べると、みな口々に秀吉を褒めそやした。

「まこと、すばやい戦さであったと都でも大評判じゃ」

「上様の仇を討ちたい一心で、取るものも取りあえず飛んで帰っただけにございまする」

秀吉は愛想のよい笑顔を振りまきながらこたえる。

「失礼ですが、そのお荷物は何でございますかな。わざわざお手ずからお持ちになるとは、大事なお荷物なのでしょうけれど」

誰かがそういうと、秀吉は思い出したように言った。

「そうそう。本日、一番大事な用件をうっかり忘れるところでございました」、と言うと、荷物をすいっと前へ押し出す。

「こちらは先だって天子様がお望みになったもの。これ、この通りお持ちいたしました。天子様が何よりもお喜びになるものでございまする」

秀吉は自分が贈り物をもらうかのように、嬉しそうな顔をしている。

「どうぞ中身をお確かめになり、天子様のもとへお届けくださいませ」

そういうと秀吉は「それではお先に」と言って、来た時と同じようにひょこひょこと出て行った。

「忙しないお方だ」

「ほほほ」

「では中身をあらためて、お上にお届けいたしましょう」

兼和が荷物をあらためようと近よる。

「では、みなさまご一緒にご確認いただけますするか」

好奇心の強い公家たちは、兼和と荷物を取り巻いて首を伸ばす。兼和が箱のふたに手をかけ、上へと持ち上げて外して脇に置く。中には瓶が入っていた。

「吉田様、瓶の中に何か入っておりまする」

立ち上がって上からのぞき込んでいた一人の言に従い、兼和が瓶の中身を取り出した。中から現れたものは袋に包まれ、てっぺんに袋の結び目がある。兼和は迷わず結び目をほどいた。はらりと袋が解けて中から油紙がのぞく。油紙を開くとようやく中身があらわになった。

座の中央に置かれたそれが何であるのか、みなすぐには理解できなかった。一瞬の後、ヒイーッと喉を絞る悲鳴が走った。

「信長！」

「信長の首！」

前右府という官職名で呼ぶのも忘れて公家衆が叫ぶ。それは保存のために塩漬けにされた、信長の首であった。室内の全員が凍り付いた。ガタガタと震えだす者がいる。誰もが言葉を忘れたような沈黙に落ちている。

最初に我に返ったのは、剛毅な性格で知られる前久だった。

「みな、しっかりせよ！　正気に戻れ！」

前久が声をあげてもみな信長の首から少しでも離れようと、腰が抜けたままはいずって部屋の隅に固まろうとするばかりである。

前久はどうすればよいのか、必死に考えを巡らせる。

「これから我らはどうすればよいのか、みな考えるのだ！」

急激に気温が下がったような室内で、公家たちは怯え震えるばかりだった。なかにはすすり泣く者もいる。

「わ、わたくし達がいったい何をしたというのでしょう。なぜこんな怖い思いをしなければならないのですか」

「そうだ。我らは何も悪いことはしておりませぬ。なんにも関係のないことだ。たまたまここに居合わせただけで、なぜこんなひどい目に合わされますのか」

「そうだ、わたしは知らない、何も関係ない」

みな責任を負うことを避け、ここから逃げ出したい一心である。

「こうなっては誰も逃れることはできぬ。腹をくくりなさい！」

たまりかねた前久が声を荒げた時、遠くから家人の呼ぶ声がした。われに帰った兼和が転がるように出て行き、すぐにまた真っ青な顔で駆け戻ってきた。

「近衛様、は、羽柴殿の……、羽柴殿の使いから、書状が届いております！」

ひったくるようにして書状を開いた前久は愕然とした。書状には信長の首を御所の北、船岡山に埋めるようにと指示されていた。「信長は天に還ればよい」と言った天皇の願いを叶えたのだと秀吉は記し、そこにはすでに信長・信忠父子の遺体が埋められているという、首塚の場所を示す絵図も添えられていた。

前久のこめかみに青筋が立つ。

(そうか。そうきたか、筑前)

ぎりぎりと歯噛みして、胸のうちで吠える。

（そういうことだったのか。我はぬかったたか。おまえは我らを使う気でおったのか）

人の皮をかぶった猿一匹に、殿上人《てんじょうびと》がまんまとはめられた。異様な現実だった。慟哭して叫びだしたい衝動を、前久は公家の命である自尊心でむりやり押さえつけた。

書状をみなに見せる。何が書かれているのかと、恐る恐る書状を回し読みする。白い手が次々と書状に伸びる。

誰かが金属質の声をあげた。

「そ、そうだ、船岡山は良い場所じゃ！　船岡山に信長公の首をお埋めするのじゃ！」

高位の公家である菊亭晴季《きくていはるすえ》だった。全員の目が晴季に向けられる。晴季はカクカクとからくり人形のように首を縦に振りながらしゃべり出す。

「船岡山は古代からの葬送の地。さらに応仁の乱では西軍の陣が置かれた地でもある。古代から眠る古き者たちの魂を鎮めるために、信長公の首をお埋めするのじゃ。そう、信長公に神となっていただくのじゃ！」

言い終わると晴季は、両の袖を大きく広げた。

晴季に操られたかのように、神主兼和が立ち上がる。

「それは素晴らしい！　信長公は生きながら神として振る舞い、神殿安土城の『天主』に住まっておられたお方。そう、最も天に近い場所でお暮らしになっておられたというではないか。お上の紫宸殿《ししんでん》を模して造られたもう一つの紫宸殿を見下ろしながら！　信長公はすでに生きながらにして神であられたのだ。亡くなられた今、本物の神に祀りあげてさしあげるのです！」

ざわざわと、公家衆がざわめき出した。

「そうだ。神になりたいとは信長公ご自身が望まれたこと。我らはその望みを叶えてさしあげるのだ。我らは神の命ずることに従うまで。なんの悪いことがあろう」

「信長公は神になるため御《おん》みずから天に昇られたのだ。我らはそのお手伝いをする神の使いであるのだ」

「そうだ！　われらは神の使いだ。決して穢れてなどおらぬ身だ」

「まこと、このような素晴らしいことがあろうか。神になりたいと望まれた方、現世の身から魂を切り離してさしあげた方。そして我らが祀りあげることにより、信長公は本物の神となられるのだ」

「お待ちなさい！」

強い声で皆を制止したのは前久だった。立ち上がり、信長の首のかたわらに進み、一同を見回して前久は言う。

「本当にそれでよろしいのですな。お上の御言葉により信長が現世の命を落とした秘密を、皆、生涯隠す覚悟をお持ちだというのだな」

「近衛様」

一同がまた沈黙する中、兼和が思い詰めた声を発した。

「近衛様。こうなってはどうあっても隠し通すしかないではありませぬか。他にどうすれば良いというのでしょう。もしもこの恐ろしい秘密が明るみに出たならば、我らはお上と共に信長殺しの罪をかぶらなければならなくなるのでございます。そうなれば最悪の場合、我ら北朝方は南朝方に取って代わられる事態になりかねませせぬぞえ」

兼和は顔をひきつらせながら訴える。

「おお、恐ろしや」

「南朝がやって来る！」

あちこちから悲鳴のような声が漏れる。歴史上すでに消滅したはずの南朝であるが、応仁の乱の時代、南朝末裔天皇を名乗る人物が西軍にかつがれて、洛中へ現れたことがある。吉野の深い山奥から南朝天皇がまたやって来るという恐怖は、いまだに北朝の根幹を揺るがしかねないものであった。

「なりませぬ！」

ひときわ甲高い声で菊亭晴季が言う。ふたたび怯え騒ぎ出していた公家衆は、びくりと身をひきつらせる。

「このたびのことは絶対に隠し通すしかないのじゃ！　そのためには我らだけではなく、羽柴殿にも秘密を共にお守りいただかなくてはなりませぬ」

「すでに羽柴と我らは同じ罪を犯したようなものだが？」

「いいえ、近衛様。罪を隠すだけでは足りませぬ。羽柴殿の罪を、無くして差し上げるのです」

前久はゆっくりと首をかしげた。

「罪を無くすとは？」

「前右府殿の首を穫ったのは羽柴殿ではありませぬ。明智光秀が謀反を起こしたのです。明智光秀が謀反して信長を殺したのだと、我ら公家衆がそう認めていると羽柴に伝えるのです」

「明智光秀に罪をかぶせる。それが我ら朝廷からの羽柴への回答だというわけか」

無実の者に罪をかぶせるおぞましさに、さすがの前久も息をのんだ。

「そう。羽柴殿は罪を犯してはいない。逆賊は明智光秀である。ですから我ら公家衆とお上も罪など犯してはいないのです」

「そうして信長の首は、我らが密かに預かり闇へと葬る。なるほど。羽柴と我らは一蓮托生というわけか」

（船岡山は古来朝廷の聖地となっている場所だ。たとえ将軍であろうともむやみに触れることのできぬ場所。筑前は我らがこうすることも見通していたのではないか。だからこそ船岡山に前右府の遺体を運んでおいたというのか）

前久の握りしめたこぶしに爪が食い込み、血が滲む。

「前右府殿を弔うのだ」

前久は宣言した。

「逆賊明智光秀に討たれた織田信長公を天へ送り、神へと祀り上げようぞ！」

「おお！」

公家衆はみな感嘆の声をあげる。

「さあ、儀式を始めるのです」

「逆賊明智光秀に討たれた信長公をお祀りいたしましょう」

「信長公を天へお還しするのです」

「ああ、震えるほどに美しい神話の誕生だ！」

「我らはこの場に立ち会えて幸福の極みである！」

いまや公家たちは、穢れた猿に弄ばれた受難者などではない。現世の鎖に縛られていた墜ちた神を天上に返す、神の使いとなったのである。

「陰陽師を！」

「このことを早くお上にお知らせし、朝廷の陰陽師を差し向けていただこう」

「お上もさぞやお喜びになられるであろう」

「陰陽師を！」

「陰陽師をここへ！」

公家たちはいつの間にか信長の首をとり囲み、円陣を組んでいる。さきほどまで凍てついていた公家たちが甦ったかのようにうごめく様を、前久は見る。

(よく見ておくがいい筑前。これが我ら公家のやり方だ。我らは決して穢れを負うことはない。我らは帝《みかど》と共に、常に正しき穢れなき道を歩む)

前久は部屋の中心に置かれた信長の首を、目に焼き付けた。

(筑前よ、おまえはこうなることを見切っていたのであろう。今はおまえの思うところに従っておこう。そうしておまえの描いた絵図の行き先を、きっと見届けることにしよう。公家の血は古

くて暗いぞ。最後の最後まで見届けてやろうぞ）

この日以来公家衆の日記には、本能寺を明智光秀が襲ったといっせいに書かれることになる。

（走ってもどうなるものでもないのに、なんでこんなに走らされるんだ――。上様の仇討ち合戦はもう終わったんじゃないのか――。今さら駆けつけても遅いというのに――。）

柴田勝家に従う家臣たちは、皆そう思いながら走り続けた。信長の死の噂は日本中に広まりつつあり、やがて柴田に対陣している上杉側もその報を知った。富山・魚津城を柴田軍に陥されていた上杉軍はこれを巻き返す機会と捉え、あちこちで一揆をけしかけて柴田軍に襲いかからせた。それらをふりきりやっとこの日、勝家は近江にたどりついた。山崎の合戦から四日も経ったあとだった。

「もうすぐ岐阜に入りますな。岐阜城の留守居衆は明智方の攻撃を恐れ、織田方、明智方のどちらにも付かない中立を表明しているとか。ふがいないやつらめ」

秀吉が忌々しげに話しかけてきた。近江国から美濃国へむかう道中である。秀吉、織田信孝、丹羽長秀の織田連合軍は、川べりで休憩をとっているところである。

「上様亡きあと美濃国も乱れておる。明智が美濃国の武将たちを味方に引き入れようとあおっていた気配もある」

話しかけられた長秀は、手ぬぐいで汗を拭きながらこたえた。

「光秀は美濃の守護大名土岐氏の一族だという話でしたな。親類縁者を味方に取り込もうとしたが、そううまくはいかなかったようですな。せっかく名門の血筋に生まれたというのに、何を血迷って謀反などおこしたのか。馬鹿な男だ」

秀吉は鼻で笑うと川に入っていった。両手で水をすくい、バシャバシャと顔を洗う。梅雨が空けたのか、水がきらきらと光をはじく。

「ぶはぁーっ、気持ちいい！　丹羽殿もいかがですかな？」

「おう」こたえた長秀がやって来て、川に浸した手ぬぐいで顔や首を拭き始める。

「我らが岐阜に入って明智方の残党を狩ってしまえば、岐阜城はすぐに開城するでしょう」

「ああ。明智方の残党はすでに全滅したも同然だ。いま混乱に乗じて美濃方面で城の奪い合いをしている美濃の土豪らも、我らが大軍を持って組織だった攻撃をすればすぐに降伏するだろう」

「そうですな。……丹羽殿」

「うん？」

「上様はもう、いないのですなぁ」

そういうと秀吉は、ぐーんと大きく伸びをして、胸いっぱいに深呼吸した。生まれてはじめて、身体中の隅々に新鮮な空気が行き渡ったような気がした。

織田連合軍が近づくと留守番衆はただちに城を明け渡し、秀吉たちはすみやかに入城した。

六月二十五日
秀吉軍は京都に引き続き岐阜でも執拗に明智方の残党狩りを行った。

「もうすぐだな」

「はい、兄者。あと少しにございます」

笑顔で答える羽柴長秀の後ろには、軍師官兵衛が黙々とついてきている。その隣には蜂須賀小六や前野長康、古くからの家臣たちが、さらにその後ろには数え切れない兵士らが足並みを揃えて従っている。二年前、天正八年から追い続けた夢が、もうすぐそこに見えている。秀吉は大きく足を上げて前へと進み続ける。

「いざ、清須へ！」

岐阜城を取り戻した織田軍は、清須城へと進軍した。京都、鎌倉に連絡する往還と伊勢街道が合流する要衝の地、清須。そこは尾張国の中心である。

「お初にお目にかかりまする。羽柴筑前守秀吉と申しまする。どうぞお見知り置きを」

城に入った秀吉は、二歳の三法師を前に芝居がかった挨拶をした。そのまま座り込み、膝の中に三法師を抱え込む。三法師は知らない大人に抱かれて泣くこともなく、じっとしている。

三法師を清須城へ移すようにと指示したのは秀吉である。信長に可愛がられ、信忠付きとなっていた前田玄以《まえだげんい》、長谷川与次《はせがわよじ》の二人を使って強引に移らせた。

「岐阜城は信忠様の居城なのだから、御城下が多少騒がしくなってもそのまま御城で三法師様をお守りすればよいという者も多くいて、最初は拙者も長谷川殿も迷ったのだが」

「そう。美濃国には明智の親類一族が多くいて危ないという筑前殿の進言を受けて、脱出することを決めたのです。危ないところでありました」

「よく無事に連れ出してくださった。まこと良かった良かった。お二人の忠義はよく覚えておきますぞ」

いまや明智討伐の殊勲者となった秀吉は、褒美をやるから楽しみにしておれとでもいうように、三法師の後ろから二人をねぎらった。

「織田家の正当な跡取りである三法師様がご無事でおいでになると聞き、家臣たちが続々とこの清須へ集まってきている。日を置かずに、今後の織田家の行く末を決める評定《ひょうじょう》が、この城で開かれるでしょう」

「それは良い！　羽柴殿が明智を討ったいま、一刻も早く織田家の今後のあり方を決めていただき、我ら家臣を安心させていただきたい。なあ、長谷川殿」

「ええ。また天下が乱れぬうちに、織田家が変わらず天下を治めるということを広く世に知らしめることが重要ですからな」

頭越しに交わされる会話を理解できるはずもない三法師は、先ほどからずっと、身体を固くして身じろぎもせずにいる。

「織田家が天下人の家として続くためにも、三法師様が当主として無事にご成長なされるのをお守りし、お助けしなくてはならぬ。そのためには幼い三法師様の傅役《もり》が必要になる。誰が傅役になったとしても、お二方も協力して、今後も三法師様をお守りしていただきたいものです」

「拙者にできることならなんでもいたしますぞ」

「私も同様。亡き信忠様にお誓いいたす」

「頼もしいことだ。信忠様もご安心なされることだろう」

秀吉は袖で隠した右の手で、ゆっくりと三法師の頭をなでる。

「三法師様は上様と信忠様によく似て、綺麗なお顔立ちを受け継いでおられますな。将来、はげねずみというあだ名など、絶対に付けられたりはしないのでしょうな」

なんとこたえてよいのか困る前田と長谷川をよそに、秀吉は三法師の身体を、ゆっくりと揺らし続けた。

六月二十七日
いよいよ会議が開かれる。清須城の一室に、柴田勝家、丹羽長秀、池田恒興、そして羽柴秀吉が顔を揃えた。

「柴田殿、よくご無事でお戻りになられました。上杉の反撃を退けこの早さでお戻りになるとは、さすが鬼柴田と呼ばれたお方でござる」

仏頂面の柴田勝家にむかい、秀吉は上機嫌で話しかける。

「羽柴殿こそ、備中から矢のような早さで畿内へ戻って来たと聞いておる。わしは北陸から戻り次第に貴殿と合流し、ともに明智を討つつもりでおったが、一歩間に合わなかったようだ。貴殿はまるで京都で異変が起こることを前もって知っていたのではないかと噂が立つほどの、見事な大返しだったと聞いておる」

「あらかじめ異変を知ることができたのであれば、我が命を捨てて上様と信忠様をお守りしたものを……。無念にございまする」

秀吉は膝の上で握り拳をふるわせて、涙をこらえてみせた。主君の仇討ちに間に合わなかった柴田はそんな秀吉に目もやらず、むっつりと押し黙る。

「さて、みな揃ったところで早速に始めることといたしましょう」

秀吉はけろりと表情を変え、会議の進行を始めた。

「本来ならば織田家の重臣の一人、滝川一益殿を待つのが筋ではあるが、滝川殿は遠い関東で北条を相手に苦戦していると聞く。滝川殿がいま関東を離れてしまってはせっかく上様が従わせることに成功した関東、東北の押さえがなくなり、遠国の諸大名が織田家に反逆することにもなりかねない。そこで滝川殿には、関東方面に残って統治を続けていただくようにお願いいたしました」

「滝川殿は納得したのか」

勝家がギロリとした目で問う。

「この混乱のさなか、滝川殿だけで広大な関東を押さえようというのはさすがに厳しゅうござる。

そこで滝川殿から要請があれば、徳川家康殿の軍勢を助けに出す用意があると、お知らせしてございます」

「おお、徳川殿が軍を出すというのなら安心だ」

中川清秀がそういうと池田恒興も、「滝川殿と徳川殿が関東を押さえている間に、織田家の方針を早く決めてしまいましょう」と言う。

丹羽長秀も、「もしも滝川殿が評定に加わりたいとの希望があったとしても、現在北条相手に苦戦しているならば帰りはいつになるのかわからぬ。一日も早く織田家の行く末を決めなくてはならぬ時に、気の毒だが滝川殿を待つわけにはいかぬ」、と秀吉を援護するように言う。

秀吉は、一同をぐるりと見回して言った。

「ではあらためて、これより評定を始めまするが、皆様よろしいか？」

柴田はむっつりとうなずいた。丹羽も大きくうなずく。池田が「どうぞ」と声を発したところで会議は始まった。

「では最初に確認でござるが、長男が跡を継ぐという大前提を守り、信忠様のご長男であり上様の直系のお孫様である三法師様を、織田家の当主に据えるということでよろしいですな？」

丹羽、池田の二人がともにうなずく。柴田も相変わらずむっつりとした顔でうなずいた。

　山崎で勝利して以来、それまで織田家臣筆頭だった柴田と秀吉の位置は入れ替わってしまった。主君の仇討ちという大手柄を立てた秀吉が会議を仕切るのを、柴田は不満ながらも受け入れるしかなかった。山崎合戦に参加した丹羽と池田は、揃って秀吉を立てる風でいる。遠方にいたとはいえ、遅れをとったことを柴田は猛烈に悔やんだ。柴田は秀吉一人に会議の進行を任せてなるものかと、最も大きな問題を示した。

「むろん異議はないが、問題は三法師様の名代だ。三法師様はまだ数えの三歳。とうぜん名代となる方をお付けしてお支えしなくてはならぬ。その名代の座を争って、信雄様と信孝様、どちらも一歩もひかぬ覚悟をお持ちだ」

「そう。それが一番の問題でござる」

　秀吉は柴田の不満に気づかないふりをして、澄ました顔で続ける。

「丹羽殿」

　秀吉は丹羽に話しかける。

「柴田殿と並んで古くから織田家の重臣でおられる貴殿にお願いしたい」

「はて、なんであろう」

「信雄様と信孝様がなぜ名代の役を争っておられるのか、ここで確認のため、お二方の織田一門における御立場をご説明していただけませぬか」

「よかろう。では……」

柴田と並ぶ織田家双璧であり、山崎合戦にもきっちり参加した自分に重要な説明を任されたとあり、丹羽は気分良く説明役を引き受ける。

「まずご次男信雄様であるが、その御母上はご長男信忠様と同じ、生駒氏出身のお方である。つまり信忠様、信雄様、三法師様は、みな同じ母方の血を引いておられる。対して三男信孝様の御母上は、坂氏の出身である。信孝様は、ご長男・ご次男、そして三法師様のお三方とは、母方の血が違う」

丹羽は一口茶を飲み、先を続ける。

「信雄様は伊勢国の北畠家へ、信孝様も同じく伊勢国の神戸家へ。それぞれ養子に入り各家を継いでおられるため、お二方とも織田家の家督を相続する資格をお持ちではない。今後織田家の中で確固たる立場を築くには、織田家の継承者である三法師様の名代となることが必須であろう」

座はしばらく沈黙した。みな腹に思うところを抱えているようである。沈黙を終わらせたのは、やはり秀吉だった。

「ではお二人のうちのどちらかが名代となった場合、今後どのようなことになるか考えてみるのはいかがでござろうか」

「よし、では信雄様が名代となった場合、いったいどうなる」

「はい、丹羽殿。三法師様と同じ生駒氏の血縁の信雄様が名代となれば、信長様から信忠様へ、そして三法師様へと続く長子相続の流れが継承されることとなり、嫡流という貴い血脈が守られることになり申す。ただし」

「ただし、なんだ」

柴田がもったいぶるなと言いたげに先をうながす。

「ただし信雄様が名代となれば、上様の仇を討った信孝様と、その下で戦った家臣たちの功績がないがしろにされることとなり、家臣の中に不満が生まれ、織田家が分裂する種が生まれるかもしれませせぬ」

室内に、うーんというため息とも苦悶ともつかない声が流れる。

「よし。では信孝様を名代にした場合はどうなる」

「はい、柴田殿。その場合は御一門衆の中の席次が改められ、信孝様が一番、信雄様がその後ろにつくという事態となりまする。そうなると、三法師様の高貴なお血筋そのものが軽んじられることとなりかねない。これはまた問題でござる」

座はまた沈黙した。

「いっそのこと名代を決めないとしたらどうなるか」

池田恒興が重い空気に飽きたように、ふと言った。

「名代を決めない……。池田殿、それは良い案かもしれぬ」

秀吉が、ぱっと顔を上げて言った。柴田はぎろりと目をむく。

「いや、確かに良いかもしれぬ」

丹羽が加勢するように続ける。

「ご兄弟どちらも名代の座をお譲りになる気はないのであろう。だったらいっそのことどちらも名代にはならず、三法師様の後見役を別に設ければ良いではないか」

「後見役？」

思わず聞き返した池田の方に身体を向け、丹羽が言う。

「そう、池田殿、たとえばあなたが後見役になるとか」

「拙者が後見役!?　本気で言っておられまするか？」

ここで秀吉は、間髪を入れず一気にまくし立てる。

「そう、それは良い！　ここにいる我ら四人がそろって後見役になれば良いではござらぬか。柴田殿、丹羽殿という織田家の重臣中の重臣、それに上様の乳兄弟の池田殿。この面々が後見役になって三法師様をお守りするという、これほど良い案は他にない。恐れ多いがそこに拙者も加えていただけるならば、山崎で戦った者たち一同が功績を認めてもらえたということで、家臣たちはますます織田家御一門に忠誠を誓うでありましょう。いかがでござるか」

織田家当主の直接の後見役という大役を示され、日頃から秀吉のことを快く思っていない柴田も悪い気はしなかった。

「うむ。ご兄弟の間が揉めることなく、我ら家臣が協力して三法師様を盛り立てていくというのなら、亡き上様もお喜びになるだろう」

「そうですな。織田家が末永く栄えるよう、御一門を家臣がお支えしてゆく。これが何よりの上様への供養になりまする」

池田が天を仰ぎ見るように言う。

「丹羽殿、いかがでござろう」

「四人が後見役というのは良い案だ」

秀吉は今一度みなを見回した。

「では後見役はご兄弟のどちらでもなく、我ら四人がそのお役目に就くということでよろしいですな」

「よろしい」と全員の声が揃った。

ははは、と笑って座り直した秀吉が、話をまとめていく。

「三法師様が天下人になるその日まで、我ら四人が後見役となって三法師様をお支えし、政も我ら四人がお預かりする。この四人で何事も腹を割って話し合い、合議をもって政を行う。それでよろしいか？」

「よろしい。一歩も譲らぬご兄弟が揉めぬためには、我らの合議に任せていただくのが最も良い。なあ、柴田殿、池田殿」

丹羽が珍しく柴田に声をかけると、柴田は「お、おう、よろしかろう」と、まんざらでもない様子でこたえ、池田も喜んで同意した。

秀吉は、三法師の傅《もり》役として堀秀政を任命することも併せて承諾させて、この議題を終えた。

「これで織田家の行く末は安泰ですな。では、すべては織田家と三法師様のために！」

信雄・信孝どちらを三法師の名代にするかという議題を巧みにすり替えて、秀吉は政を行う利権をするりと手に入れた。

「ここらで一休みといたしましょう」

よいしょと立ち上がり廊下へ出た秀吉は、小姓に命じて握り飯を持ってこさせた。

「どれ、腹が満たされたところで領地について決めてしまいますかな。ご一同、飯の後の昼寝はもう少し我慢してくだされよ」

みずから茶を配り食事の世話をして場をなごませた秀吉は、頃合いを見計らい、茶を飲み干してひとつ咳払いをした。

「さて」

秀吉の進行で再開された午後からの会議では、もう一つの議題である領地配分について話し合われた。明智光秀が所有していた領地を織田家の重臣たちでどう分け合うか。この議題は、揉めることもなく簡単に片づいた。

信雄、信孝へは、元々所有していた領地に加え、それぞれ尾張と美濃が与えられた。次に家臣への配分が決められた。柴田は元の領地の越前国に加え、羽柴の領地長浜が譲られた。柴田は越前国がそのまま残されたうえ、越前と安土を結ぶ結節地点の長浜を城ごと手に入れ満足した。

秀吉には、みずからが切り取った現在の兵庫県から山口県に至る広大な領地に加え、光秀の旧領だった山城国、丹波国、河内国東部が与えられた。長浜を柴田に譲ったかわりでは収まらないぐらい大きな褒美を手に入れる結果となった。柴田は秀吉が長浜を潔く良く差し出したことを、大いに喜んでいる。

あくびをかみ殺しながら秀吉は思う。

(こんな単純な馬鹿が織田家双璧の一人だ、筆頭家老だともてはやされていたとは。やはり信長も馬鹿だったというところか)

のちに柴田は、秀吉が長浜を手放した意味を理解することになる。だが時はすでに遅すぎた。

会議が終わろうとする頃、秀吉がしめくくるように言った。

「さて、三法師様は堀殿に預けられて安土城へお入りいただくことになる。だが安土城は、みなさま方もすでにご存じの通り、天主の修築が終わるまではお使いいただくことができませぬ。ここはいったん、信孝様とともに岐阜城へお入りいただくのがよろしいかと存知まするが、いかがでござろうか」

「ああ、それでよい」

上機嫌の柴田はやすやすと秀吉の意見に同意する。他の二人が秀吉に反対するはずもない。会議は予定調和のように、秀吉の思うがままに進み、終わった。

こもっていた室内を出て、秀吉は城の前を流れる五条川を見下ろした。すでに日は傾き、川面はさだかではない。逢魔が時の中、歩を進める。

(信孝は三法師が手に入ったと思いこみ、いそいそと岐阜城へ連れていき、自分の手元から離さずにおこうとするだろう。そしてそれから先は……)

秀吉には、三法師の未来が視えていた。

(三法師の未来はこの俺が決めるのだ。信孝の先も信雄の先も、俺の眼にはもうとっくに視えているぞ。そうだ、あの天正八年から、これまでのこともこの先のことも何もかもすべて視えていた。ああ、面白い。人の一生など、夢のように一瞬でお見通しだ)

秀吉の眼には未来の事どもが、すでに起こった過去の出来事のように視えている。今その眼は五条川を通り越し、北の城を見据えている。

雪が降る頃には次の敵が片付いているだろう。秀吉は後ろを振り向かず清須城を後にした。こらえてもこらえても、笑いが止まらなかった。

終章　殺生関白

慶長三年（一五九八）

「太閤がいよいよ危ないらしい」

噂は民草の間にも広まっていた。二年前、完成直後に発生した大地震により倒壊し、昨年新たに築き直された伏見城の奥まった一室で、秀吉は死の床に就いていた。

「この春、醍醐（現・京都市伏見区）で盛大に催した花見のすぐ後から、寝たきりになったらしい」

「明を征服するとか無茶ゆうて、海のむこうに兵隊はんを送り込んで以来ずーっと病続きで、長い間苦しんではったみたいやけど、とうとうほんまにあかんらしいわ」

「大坂城を築いて商売繁盛になったと、大坂では太閤はんはえらい人気やそうやけど、むごいことをいっぱいしてきたお人やからなぁ。大きな声ではいわれへんけど、病が重くなってえろう苦しんでるのは罰が当たったていわれてるらしいわ」

噂話は誰にも止められることなく、まことしやかに広まっていく。

大地震で壊れたのは伏見城だけではなかった。八年の歳月をかけて建造され、この八月に開眼《かいげん》が予定されていた大仏も、開眼間近に大破した。

「京の町を守ることを忘れまっさきに倒れるとは、この愚か者めが！」

秀吉は怒りにまかせ、大仏の眉間めがけて矢を放った。怒りの収まらない秀吉は大仏をすぐさま破壊させ、かわりに当時甲斐の国にあった善光寺の本尊「阿弥陀三尊」を取り寄せて、大仏殿に安置した。秀吉の病の悪化は無理矢理に連れてこられた阿弥陀像の祟りだと、町衆は噂した。

隠そうとしてもどこからか外へ漏れてしまうほど、病床の秀吉の容体は異常であった。秀吉を見舞った一人はその姿を書き残している。

（純絹の蒲団のあいだで、枕に頭をのせて横たわり、もはや人間とは思えぬばかり、全身痩せ衰えて……）

七月四日
「秀頼を……秀頼を頼む」
苦しい息の下から、秀吉はただそれだけを繰り返した。死期を悟った秀吉は、伏見城に諸大名を呼び寄せ後を託した。

「徳川殿、秀頼の後見人になってくれ、頼む」

特に家康には、秀頼のうしろだてになることを繰り返し繰り返し頼んだ。枯れ枝のような腕を伸ばして家康の手を握ろうとするが、もう腕をあげることもできない。家康はふっくらとした手で秀吉の手を握ってやり、無言でうなずくことを繰り返してみせた。病人の目に障るからと灯りを落とした部屋の中、ぜいぜいと、今にも消えそうな息の音だけが響く。

地震に疫病に飢饉。次から次へと襲い来る天災に、すでに人心は豊臣政権から離れていた。秀吉はわずか五歳の跡取りである秀頼を残し置く不安にさいなまれていた。

(こいつらはわしが死んだとたん、手の平を返して豊臣家から離れていくのではないか？

もともとの家臣でもない大名たちがわしに従ってきたのは、気前良く褒美をやったり、良い目を見せてやったりしたからだろう。それともわしの強大な権力の前にひざまずいていただけか)

病の床で休むこともできず、疑心暗鬼に駆られ続ける。

(わしが明を征服しようと遠く兵を派遣したのは、家臣たちに仕事を与え、手柄を立てた者に褒美をやるためだったというのに。日ノ本の中だけではいずれ家臣にやる国も土地も尽きてしまう。だからわしは明を奪い、その土地を与えてやるつもりでおったのに。わしが死ぬのをいいことに、明から兵士を引き上げてしまうつもりでおるのだろう。わしのしてきたことは、すべて無駄になってしまうのか！）

もう訪れる見舞い客もなく、薬師もとうに見放した。闇に沈もうとする秀吉の脳裏には、これまでのことが次々に浮かび、現れる。

秀頼のように御曹司として生まれた三法師のことが浮かぶ。三法師を手に入れるために利用した、幾人もの顔も浮かんでくる。

清須会議のあと三法師を連れて岐阜城に入った信孝は、やはりそのまま三法師を離そうとしなかった。三法師を手中にしていれば、そのまま名代になれると踏んだのだろう。案の定信孝は織田家の相続者になったつもりで、天下人のように政治に口出しし始めた。

天正十年十月十五日。秀吉は養子にしていた信長の五男秀勝を喪主に立て、京都・大徳寺で信長の葬儀を盛大に執り行った。

（あの葬儀には、織田家からはただの一人も出席しなかった。あれほど豪勢な葬儀を行えたのはわしの力のお陰だ。かつて派手好きな信長は、光秀に命じて馬揃えを行った。わしはそれ以上に豪華な催しをいくつも開いたぞ。手始めが信長の葬儀だった）

この葬儀は、秀吉が自身を次の天下人だと世間に示す行為であった。

一方、京都で天下の政治を動かそうとする秀吉に対し不満を持った柴田勝家は、信孝に近づいていく。秀吉と柴田の対立が深刻な状態となるのに時間はかからなかった。

「信雄様。信孝様はいつまでたっても三法師様を安土に帰さない。これは清須会議でとりきめた事に違反しておりますぞ。あなたから信孝様に警告していただけませぬか」

三法師を手元に置き、織田家の相続者、つまり天下人として振る舞いはじめた信孝に対し、秀吉は信雄を通して警告をいれた。自分の名前は出さずに兄弟同士で争わせるように画策し、信雄はうかつにもそれに乗った。信雄が思慮の足りないうかつ者であることなど、織田家中に知られていることである。信雄ごときは秀吉に苦もなく操られた。

信雄に対して屈折した感情を抱いていた信孝は当然のごとく反発し、ついに兵を起こした。ここぞとばかりに秀吉は、信孝に荷担する柴田を討つため兵を挙げた。

長浜城の新しい城主となっていたのは、勝家の甥柴田勝豊である。勝豊は城を明け渡したうえに、あろうことか秀吉方に寝返った。勝家と勝豊との間がうまくいっていないことは、秀吉の諜報網に引っかかっていた。秀吉は、勝豊をそそのかせば寝返ることを確信したうえで、長浜城を勝家に譲ったのである。

（わしはまず長浜城を攻めた。長浜城はわしが造った勝手知ったる城だ。攻めることはたやすかった。それに季節はすでに冬。あの年は特に雪が深く、勝家の北ノ庄城は雪に閉ざされてすぐには出兵できなかった。さぞ悔しかったろう。勝豊の小僧、さすがに寝返ることは渋っていたが、北ノ庄城からの援軍も望めないとあって、結局言いなりになりおったわ）

明智軍を討伐したあと、秀吉が滝川一益を待つこともせずに清須会議を素早く開いたのは、この為であった。勝家を一刻も早く北ノ庄城へ追いやり、雪に閉じこめられるのを待っていたのだ。

秀吉は二万の大軍を率いて美濃へ入り、尾張方面から美濃入りしていた信雄軍とともに、岐阜城を取り囲んだ。信孝は母と娘を人質に出して、秀吉に和睦を申し入れた。

（わしはついに三法師を手に入れ、安土城へ凱旋した。あの日の光景はこの目に焼き付いている。焼け落ちた天主のかわりに二の丸が整備されて、まるでわしの為に建てられた新しい城のようだった。信長の影などどこにもなくなっていたよなぁ）

秀吉は天に伸ばすように、動かない腕を動かそうともがいた。

天正十一年　一月末

「勝家様。この正月、信雄様が正式に三法師様の名代となられました。清須で決められた宿老衆の中で、あなたお一人を外し、信雄様を担いだ羽柴、丹羽、池田だけで織田家を牛耳ろうとしているのです。中でも羽柴が織田家の権力を乗っ取ろうとしていることは明白。わたくしはあの猿ふぜいが成り上がっているのが我慢なりませぬ」

雪に埋もれた北ノ庄城で、市は眉を逆立て、夫に訴える。

「市《いち》（信長の妹。浅井長政の元妻。長政が亡くなった後、天正十年末頃柴田勝家と再婚）殿。もうしばらく待ってくれ。こちらに味方した滝川一益殿が、そろそろ羽柴討伐に動き始めることだろう。わしもこの雪が溶けたらすぐに兵を出し、あの思い上がった羽柴を消し去ってやるゆえ、もうしばらく耐えてくれ」

勝家は、清須会議が終わったとたんに牙を剥き始めた秀吉の策略に、ようやく気づき始めていた。

（あのように急いで評定を開いたことも、あっさりと長浜城を譲ったことも、すべて計算済みのことだったのではないか。もしや、すべて羽柴に仕組まれたことではないのか。思えば織田家の重臣たちが、明智を除いてみな京都の遠方にいる時期を突くように上様は暗殺された。その中でなぜか羽柴だけがいち早く京都へ帰り着けたとは、うまく出来過ぎているではないか）

勝家は長浜城を譲られ、また、秀吉が妻にと狙っていたというお市の方まで自分の妻とすることができ、青二才のように浮かれていた自分を恥じて呪った。わが妻となってくれた美しい妻とそのこどもたちはこれからどうなるのであろう。

お市の方は、前夫浅井長政との間に生まれた三人の女子とともに、夫の勝利を信じて雪解けを待っている。


三月。まだ雪が残る中を無理矢理に勝家軍は出陣した。琵琶湖の北部、賤ヶ岳で羽柴軍と対峙するが、のちに「七本槍」と呼ばれた羽柴軍の馬廻り衆の活躍と、前田利家が羽柴方に付いたことなどにより勝家軍は敗退し、北ノ庄城へ逃げ帰った。

「市殿。拙者、若き日より憧れたあなたと短いながらも夫婦として暮らせることができ、幸せであった。ああ、このような時にこんなことしか言えぬとは」

勝家は顔を真っ赤にして頭をかいた。本当は謝りたい。謝っても謝りきれないのに、自分とともに死ぬことを選んだ市の死が、市の人生が間違ったものだったと決めつけるような言葉は言いたくなかった。

市は「では、先にゆき待っております」と言い、綺麗に微笑んだ。

勝家は市を苦しませぬよう、その胸を一突きにした。それから自身は腹を十文字に切り裂いた。武将としての矜持を持っての、正式な腹の切り方であった。

北ノ庄城は仕掛けられた火薬により吹き飛んだ。市の遺体も勝家の遺体も、殉死した家臣たちの遺体も、すべて降り積もる雪の中に消え去った。

市の遺した三人の女子たちは、生き延びることができた。秀吉は市を我がものにできなかった悔しさからか、後に成長した市の長女を自分の側室とした。

（お市の方様、あなたはお若い頃からわしのことを、見るのも嫌だと毛嫌いしておられた。信長が死んだあとの身の振り方を決める時も、羽柴のところに行くのなら死ぬとまで言われましたな。心の広いわしは、あなたを柴田に譲ってやりましたぞ。その上あなたの遺した大事な姫様方のお一人、茶々様をわしの側室に迎えてさしあげました。毛虫のように嫌われたわしが、あなたの娘との間にこどもまで作ったのですぞ。少しは感謝していただけますかな）

（わしが備中から京都へ兵を返す途中、中川に宛てて信長は生きていると嘘を書いた書状を送った。あの書状を信じて中川は明智方に付かず、わしに味方した。書状の嘘ぐらいばれてもどうということはないが、備中からの大返しのことを詮索されれば、まずいことになっていたかもしれぬ）

天正十一年、秀吉と柴田勝家が戦った賤ヶ岳の戦いで、中川清秀の守る大岩山砦は、突然敵方に襲われた。大岩山砦の周りには羽柴方の砦が並んでいた。であるのに、なぜか大岩山砦だけが柴田軍に急襲された。羽柴軍のある武将が寝返り、大岩山砦に近づく抜け道を柴田軍へ漏らしたことによるものだった。

「秀吉はいま、十三里（約五十二キロ）離れた大垣に赴いている。賤ヶ岳方面へはすぐには帰ってこない」

そう聞いた柴田軍は、大岩山砦に襲いかかった。突然柴田軍に襲われ危機に陥った中川軍を見て、大岩山砦に最も近い砦にいた高山右近は、「各砦は独力で戦うべきだ」と言い放ち、無情にも動こうとしなかった。清秀は奮戦したが、最後は斬り合いの中で討ち死にした。

佐久間軍が清秀軍を屠り勝利の雄叫びをあげている時、大垣にいたはずの秀吉軍が突如として大岩山砦に現れた。

（あの時わしは信孝を討つために美濃の大垣にいたのだが、急遽賤ヶ岳に移動することにしたのだったな。大岩山砦に駆けつけたわしの兵たちは大いに戦い、敵の砦を陥落させた。敵方に送り込んだ細作まで殺してしまったなぁ。いやはや、気の毒なことをしたわい）

柴田勝家が滅亡し、滝川一益は孤軍となり奮戦を続けていたが、ついに七月に降伏。髪を落として僧侶となり、その後は武将として表舞台に上ることなく余生を生きた。

柴田は北ノ庄城とともに散り、滝川も降伏した。さらに天正十一年の戦いでは、信孝も秀吉に命を奪われることとなった。

信孝は柴田、滝川と同時に兵を挙げた。人質に出していた信孝の母と娘は磔にされた。信長の側室であった人と、信長の孫娘が殺されたのである。

盛大に信長の葬儀を挙行した影で秀吉は、主君の血筋の者たちを次々と葬り去っていく。

柴田、滝川が滅び、信孝が孤軍となると、信雄軍が岐阜城を取り囲んだ。秀吉は自分ではなく、あくまでも三法師名代の信雄が信孝を討伐する形をとった。自分の手は決して汚さない。本能寺で信長を討った罪は光秀に覆いかぶせた。柴田を討つのも中川を謀殺したのも信孝を陥れるのも、すべて信雄の名を表に出しての行動である。

信孝は投降し、信雄に連行されて尾張国・内海大御堂寺内の安養院へ預けられた。信長の遺児である信孝は、戦に負けたとはいえ織田家の御曹司であることに変わりはない。せいぜい謹慎で済むかと予想していた。そこへ秀吉から短刀が送られてきた。かつて秀吉が信長から贈られた短刀であった。

「おのれ筑前、おれに腹を切れというか！　成り上がりの下郎め、あの世から呪ってやるぞ、報いを待て！」

天正十一年五月二日。織田信孝は、秀吉に対する呪詛の言葉を吐きながら死んでいった。享年二十六。

信孝は、表向き信雄が仕掛けた戦によって亡くなった。信孝は身内により殺されたことになっている。かつて信長が叔父と弟を殺したように、秀吉は信長の行状をなぞって見せた。異様な猿真似であった。

柴田勝家の死により、宿老衆の一人だった秀吉が信雄を補佐して、織田政権を運営する形となった。秀吉は信長の死からわずか一年後には、織田家の子息たちを排除して、天下人への道を歩み始めた。

牙を剥いた秀吉の本性に、信雄はようやく気がついた。

この状況を見た家康が信雄に接近し、家康・信雄連合軍が羽柴軍に戦いを挑んだが、戦いは膠着状態となった。

死の間際、秀吉はもう一人のことを思い出す。

(家康と戦った時、池田恒興も死んだのだったか)

天正十二年四月。秀吉は攻略に成功した犬山城に入った。犬山城の西南約十キロの地点に小牧山城がある。秀吉は家康と信雄がこもる小牧山城周辺に兵を配置した。家康軍と羽柴軍はにらみ合う形となり、戦況はそのまま動きを止めた。

「池田殿。戦いが長引いて、兵の志気もたるんできましたなぁ」

「確かに」

犬山城の天守から木曽川を見下ろしながら、秀吉は話しかける。背後を標高八十メートルの城山に護られた後堅固の城に羽柴連合軍はこもっている。

「むかし荒木村重が上様に謀反を起こした時も、池田殿はご子息たちと荒木方の城を取り巻いてのち、城を落とすことに成功しておられた」

「懐かしい事をよく覚えておいでですな」

「もちろん。貴殿のご子息を養子に頂いた仲ですぞ。池田家の武功は我が事のように嬉しく覚えておりますわい。そうそう、もう一つ思い出しましたぞ。上様のお得意な『中入《なかいり》作戦』！」

「おお！　懐かしい。あれは上様以外に成功させた者はほとんどいないとかで、良くご自慢なさっておいでだった」

「上様なら今度のように戦局が固まってしまった時に、中入作戦を用いるかもしれませんな。たとえば今。徳川軍は本拠地の岡崎を出て、小牧山城にこもっている。岡崎城は手薄になっているだろう。その隙を突いて岡崎城を攻撃し、徳川軍の帰る場所をなくしてしまうとか……」

「羽柴殿」

秀吉の話をじっと聞いていた恒興が、秀吉に向き直る。

「はい」

「その作戦、拙者にやらせてもらえないだろうか」

「なんと！」

「やってみる価値はあるかもしれぬ」

「いやいや、危険だ、止めておかれるがよい」

止められた恒興の心中に反発心が頭をもたげた。

「大丈夫。拙者は上様の乳兄弟、幼き頃より上様の戦いぶりを間近で見て育っております。きっと成功させてみせまする。どうぞ許可をいただきたい」

「池田殿、あなたの勇敢で戦上手なことは重々存じておりまするが、こればかりは危険過ぎる。いくら上様がお得意だった作戦とはいえ、あなたが真似をなさることはない」

「いや、正直に言うと上様にご恩を受けた一人として、上様の戦いぶりを引き継ぎたいという欲のようなものが、いま出てきたのです。どうぞお願いだ、拙者に任せていただきたい」

恒興は話しているうちに、信長の戦の仕方を引き継ぐこと、それがまるで自分の役目であるかのように思えてきた。

「確かにお若い頃からお亡くなりになるまでの上様を、誰よりもあなたが一番よくご存じなのかもしれない。しかし上様の戦いぶりは、ほれ、あの記録魔で上様に心酔しきっておった、太田牛一という男がおりましたろう。あの男が事細かに書き残しておると、昔からよく知られておった。ですからわざわざあなたが危ない真似をして上様の戦いぶりを引き継ぐなどと、そんな事をなさらなくともよろしいではござらぬか」

「いや、確かに上様の行状を記録しておる男はおった。しかしただ記録するだけよりも、上様のなさった事を受け継ぎ実践する事が、上様の家臣としてできる最も大事なことでござる」

信長の乳兄弟といわれた恒興は、他の家臣とは比べられない信長との絆があったと確信している。たかが記録魔ごときに負けてなるものかという気分になっていた。

秀吉は危険過ぎる、無茶を慎むのも大事なことだと言葉を尽くして説得したが、恒興は頑として諦めない。やがて秀吉の方が折れた。

「そこまで言われるのならもうお止めいたしませぬ。拙者はこの犬山城から見守ることにいたしましょう。この作戦を成功させたあかつきには、あなたに三河一国を差し上げるとお約束いたす」

恒興とその長男元助たちは岡崎城を狙って三河に侵攻したが、その動きを察知した家康軍に長久手で攻撃された。恒興程度では家康の相手には不足過ぎた。恒興と元助父子は、揃って討ち死にした。

(池田のやつ、みずから死地におもむいて行きおったわ。わしは止めたというのに信長の名を出したとたん、意地でも行くと言いだしおった。あの世で信長の得意な戦法を真似て失敗したと、報告でもしておるのか。おお、そうだ。もう一人も清須会議のあとすぐに死んだのだった)


丹羽長秀は柴田勝家と並び織田家の双璧と賞された武将だが、清須会議で秀吉を援護して以後は、秀吉に仕える身となった。しかし秀吉が信孝を死に追いやり信雄を排除するなど、かつての主家をないがしろにするのを見て、秀吉のもとを去っていった。

(筑前め、はじめから織田家を乗っ取るつもりでおったな。どうやらお前の目的を誰も見抜くことができなかったらしい。このわしも織田家の幕引きの片棒をかついでしまったのか)

長秀ははらわたが煮えくり返る思いだった。その後、越前府中の居城に引きこもり、秀吉からの呼び出しにこたえず、最後まで秀吉の下へ出向くことはなかった。秀吉に荷担したことを後悔し続けたのが原因か、胃の病を悪化させ、天正十三年に亡くなった。

（ふふん。清須会議の出席者はわし以外みな、会議の一年後にはいなくなった。柴田勝家が死に、織田信孝が死んだ。中川清秀も池田恒興も丹羽長秀も死んだ。家康と組んでわしに刃向かった織田信雄は、命は長らえさせてやったが、代わりにわしの家臣に成り下がった）

秀吉が唯一倒せなかった家康は、小牧・長久手の戦いの後、秀吉と和睦した。家康を倒せなかったこと、それは東国を征伐することができなかったことを意味し、征夷大将軍になれないことを意味する。

（将軍などになるよりも、公家と天皇を天下統一の道具にしてやるほうが面白いよなぁ）

秀吉は朝廷に持ち上がった関白の座を巡る争いにつけ込んで、「みずからが関白になるのはどうだ」と迫った。藤原氏の出自以外の者は関白にはなれないと聞くと、自分を近衛前久の養子にせよという、厚かましい提案をした。秀吉のあまりの厚顔さに誰もが呆れた。しかし前久は、秀吉を養子にすることをあっさり受け入れた。

（わしを養子にせよと申し入れた時の、近衛の言いぐさには笑ったぞ）

「つらつら思うに、関白というのは本来天下を関《あず》かり白《もう》すことである。しかるにいま、秀吉殿は天下をその手に握っておられる。その勢いで五摂家をことごとく廃止されるようなことがあっても、我らは拒むことができぬはずのところを、秀吉殿は何度も挨拶をされたうえに丁重に養子になりたいと申されておる。こうなれば良いも悪いもない。それに礼として、当家の領地を破格に増やしてくれるというではないか」

前久は自分の息子にそう言ったという。

五摂家筆頭の近衛家が、どこの馬の骨ともわからぬ羽柴を同族として受け入れるというのである。

（わしが関白になるために、近衛も公家衆も走り回っておったよな。信長の首を見て右往左往した者たちが、今度はわしを関白にする為に走り回る。ふふん、ご苦労なことだ）

もはや秀吉に出来ぬことはなかった。藤原氏であろうとなかろうと、関白にさえなれるのだ。

藤原氏の氏寺である興福寺は、怒りを露わにした。

「藤原氏以外の者を関白に据えたならば、春日明神の神罰があたるだろう」

「羽柴という男の出自の低さは、日本国中に知られているというのに」

「百姓よりもさらに下の者が関白になるなど、言語道断だ」

前代未聞の事態に日本中が呆れ激怒したが、天正十三年（一五八五）七月十一日、ついに秀吉は関白に就任した。

関白となった秀吉は天皇に仕えると見せかけ、その権威を天下統一の道具として使いはじめた。

(予は関白である。山城国の領主として朝廷を守護している予は、他の大名どもの誰よりも偉いのだ。古代、天皇は全国の統治者であった。関白である予は天皇の代官として、天皇に代わり、日ノ本全土の支配を実行するものである)

関白の地位に上った秀吉は、天皇が全国の統治者だったいにしえの律令制の時代のように、天皇の大権を復活させた。だがその大権を行使するのは天皇ではなく、裏に回って天皇を傀儡として操る関白秀吉であった。これが秀吉による、戦国の王政復古である。

(わしは天皇の名のもとに全国の大名たちに官位を与えてやった。どいつもこいつもありがたがって高い官位を欲しがり、わしの前にひざまずいていたことよ。わしが建てた聚楽第《じゅらくてい》には、天皇も行幸してきたのぉ。天皇でさえ、わしの権力にひざまずいたのだ)

旧大内裏跡の近くに広大な邸宅聚楽第を造り天皇を招き、王政復古を成し遂げた秀吉は、聚楽第行幸の天正十七年(一五八九)、天皇の名の下に関東・奥羽を征服し、全国統一を成し遂げる。この年嫡男鶴松が生まれる。秀吉は人生の絶頂にあった。

だがそのわずか二年後の天正十九年(一五九一)、一月。秀吉を補佐し続けた有能な弟、羽柴秀長（長秀から改名）が病死する。秀吉はこれ以降、唐入りを押し進める。秀吉は天皇を大陸に移し、北京に遷都することを夢想した。

（北京に天皇を移し、これを大明帝国の天皇とする。日本の帝位には親王を置く）

秀吉の夢想はどこまで広がろうとしていたのか。狂気に引き連れられた武将たちは明を目指し、半島に渡り、地獄を見た。

（高麗・南蛮・大唐までも切りとって、わしの領土は無限に広がるはずであったのに。天正八年、三法師を手に入れ織田家を乗っ取ると決めて以来、わしは全ての計画を実行し成し遂げた。最も憎い光秀は謀反人と蔑まれている。本能寺のからくりを知り得る者は皆消してやった。わしの望みの全てが叶い、唐入りも成功するはずであったのに、なぜわしの身内はみないなくなるのだ）

秀長が死亡した同じ年の八月、嫡男鶴松病死。側室茶々（淀殿）との間に生まれた鶴松は、秀吉にとってただ一人の実子であった。

この年秀吉は、関白の座を養子（実姉の子）豊臣秀次に譲り、太閤となった。摂関家から奪った関白の座を、秀吉は返すつもりなどさらさらなく、自分の甥に譲ったのである。

翌天正二十年（一五九二）。唐入りをもくろむ息子を諫め続けた母、大政所《おおまんどころ》病死。

（身内が次々と病に侵されるたびに全国の有力な寺社仏閣に祈祷を依頼し、多額の献金奉納を繰り返したというのに、わしは神仏に見放されたのか！）

母を失った秀吉は息が止まるほどに泣いた。

（せっかく誰にかまうことなく、いつでも自由に息ができるようになったというのに。わしはまた、喉が締め付けられるほど苦しい目に合わねばならぬのか）

秀吉はひゅーひゅーと、喉を鳴らして泣き続けた。

そのような中、秀吉と淀との間に再度男子が生まれた。文禄二年（一五九三）、秀吉が唐入りの前線基地とした肥前名護屋城（現・佐賀県唐津市）に在陣中のことだった。秀吉は狂喜乱舞した。

「信長公の血を引くこの子を跡継ぎとするために、立派に育てなさい」と淀に書状を送る一方で、鶴丸亡き後に跡継ぎとして養子にした豊臣秀次のことが問題だった。

（わしはすでに齢《よわい》五十七。二十才以上も年下の茶々はまだいくらでも子を産めるだろうが、わしはこどもが元服するのを見届けられるかどうか……。織田の血を引くこどもを絶対に天下人にするのだ。鶴松は死んでしもうたが、今度の子は必ずや天下人にしてみせる。信長よ、はげねずみと罵り蔑んできた男の血とお前の血が混じるのは、どんな気分だ？）

文禄四年（一五九五）。織田の血を引く拾丸《ひろいまる》（後の豊臣秀頼）を跡取りにするため、秀吉は関白豊臣秀次を追い込み、切腹させた。

(秀頼に跡を継がせるため、わしは秀次の子も妻も重臣も、みな殺し尽くした。ついでに昔からのことを知る最古参の羽柴家の家老にも、罪をかぶせて死を申しつけた。本能寺の頃のことを知る者たちもまとめて葬ってやるつもりであったが、うまく逃れた者も多かったな。里村紹巴、細川忠興、陰陽師土御門《つちみかど》久脩《ひさなが》、みな生きておるのか。わしの関白就任時、朝廷に手を回した菊亭晴季も生き延びておるか。ああ、もうそんなことはどうでもよい。秀頼、秀頼のことだけが心配だ)

悪夢に襲われながら、秀吉が最期に願ったのは秀頼のことだった。幼い秀頼のために尽くせる手はすべて尽くしたが、不安は大きくふくらみ続け、死ぬ瞬間まで安堵することはなかった。


慶長三年(一五九八)。秀吉臨終の時が来た。

七月四日。秀吉は家康を筆頭に五人の家老を伏見城に呼び寄せ、

「秀頼を、くれぐれも秀頼を頼む」と、幼い秀頼への忠誠を繰り返し誓わせた。

八月五日。家康ら五大老に宛てて遺言状を遺す。

八月十七日。甲斐国から奪って持って来ていた阿弥陀三尊の祟りを恐れたのか、この日善光寺へと返すため、三尊像は京都から送り出された。しかし翌十八日、秀吉は息を引き取った。最期

の様子は詳しくは伝わっていない。

露と落ち　露と消えにし我が身かな　浪速のことは　夢のまた夢

自分の血を天下人の家系の中に残そうとした秀吉だったが、その夢が叶うことはなかった。二年後の慶長五年（一六〇〇）、関ヶ原の戦い勃発。秀吉が死の間際まで行く末を案じた秀頼は、楯となってくれる親族がほとんどないままその後の大坂の陣を迎える。秀頼の支えとなったであろう秀次は、妻子、関係者もろとも秀吉により殺し尽くされていた。

慶長二十年、大坂の陣。豊臣家滅亡。秀吉の暗い血は消滅した。

あとがき

本書は私一人で書きあげたものではありません。多くの方々のお力添えがなければ到底こうして形になることはできませんでした。

史料を提供してくださった方、アドバイスを下さった方、いつも見守ってくださる遠縁の方、明智家菩提寺の僧侶の方々―。皆様に衷心より感謝申し上げます。殊に、共同執筆といっても過言ではないほどご助言を与えてくださった酒井先生、本書の出版が、ご恩返しの一端となれば、幸甚の至りに存じます。

そして、この本に目を止めお読みくだった読者様に、深く御礼申し上げます。

この『本能寺の黙示録』を信長公、光秀をはじめとする先祖の霊、戦乱により亡くなった無数の御魂に捧げ、あとがきと致します。

令和元年十二月

三宅由珠

著者略歴

三 宅 由 珠（みやけ　ゆず）

兵庫県神戸市生まれ。

現在大阪の流通系企業に勤務しながら、みずからの家系についての研究を続ける。明智光秀顕彰会会員。

本能寺の黙示録

2020年2月10日　初版第1刷発行

定価（本体2300円＋税）

著　者　三宅由珠

発行者　寺西貴史

発行所　中日出版株式会社
名古屋市千種区池下一丁目4-17 6F
電話(052)752-3033 FAX(052)752-3011

印刷製本　株式会社サンコー

ISBN978-4-908454-32-5